芭蕉逍遙

高橋保博

郁朋社

はじめに

　私が芭蕉に関心を抱くようになったのは、昭和五十年代の初め、滋賀県大津市にある義仲寺を訪れた頃からである。

　寺の門を入って少し歩くと左側に芭蕉の墓があった。三角形のおむすび形をした質素な墓で芭蕉翁とだけ刻まれていた。芭蕉の墓に向かって左横に、木曽義仲の墓があり、土壇の上に宝篋印塔《ほうきょういんとう》が据えられていた。

　その時、私はふと疑問に思った。義仲寺はその名の通り、木曽義仲の御墓所である。それなのに、芭蕉の墓はなぜ生まれ故郷の伊賀上野でなく義仲寺なのか。また、なぜ義仲の墓と並んでいるのかと。

　その後、この疑問は心に残ったままになっていたが、第一線を退いた後、時間的な余裕も生まれ、芭蕉に関する文献なども読むようになり、ますます芭蕉への関心が深まった。

なぜ義仲寺に葬るように遺言したのか。名のある俳諧の宗匠であったのに、なぜ、繁華な日本橋から、当時としては辺鄙な深川へ移ったのか、なぜ、亡くなる最後の十年間は、長期にわたる旅を何度も試みたのか、これらの疑問について、私なりに考えた結果がこの小著である。専門的な研究書ではない。俳句を愛好する一個人としての、芭蕉への思いを綴ったものである。

喜寿を迎えた今、「風雅の魔心」（栖去之弁）に取り憑かれ、死の間際まで俳諧に執着した芭蕉に、ますます人間的な親しみを覚えている。

平成二十八年九月

芭蕉逍遥／目次

はじめに　1
〔1〕「古池や」の句　9
（1）「古池や」の句の成立　9
（2）蕉風開眼　15
（3）「古池や」の句の評価　18
〔2〕「旅に病で」の句　24
（1）最後の旅　24
（2）俳諧行脚　27
（3）奈良から大坂へ　33
（4）住吉の市　36
（5）大坂での句会　39
（6）芭蕉の最期　45
（7）義仲寺へ　56

〔3〕芭蕉の辞世の句 60
〔4〕なぜ義仲寺か 65
（1）生前の遺言 65
（2）遺言の理由 68
〔5〕深川転居 89
（1）深川転居までの芭蕉 89
（2）転居の理由 118
〔6〕芭蕉庵での生活 151
〔7〕「漂泊」と「風狂」に学ぶ 160
（1）「漂泊」に学ぶ 162

①「野ざらし紀行」の旅　163
②「笈の小文」の旅　172
③「おくのほそ道」の旅　184
（2）「風狂」に学ぶ　243
（3）結び　262
〔8〕終わりに　269

芭蕉逍遥

〔1〕「古池や」の句

(1)「古池や」の句の成立

古池や蛙《かはづ》飛こむ水のおと　（蛙合）

この句は人口に膾炙された有名な句であり、知らない人は無いであろう。俳諧撰集「ももちどり」（宮紫暁《しぎよう》編、寛政五年）に「我祖、芭蕉翁、古池の高吟より、正風の俳諧海内にわたりて、木を樵《こ》るをのこ、漁《いさり》すをふなも、五七五の文字並べ、犬うつ童、羽根つく婦女も、翁《おきな》と聞けば、此叟《このおきな》としれり」と述べられており、蕉風開眼の句として江戸時代より有名であった。

ちなみに、紫暁は生没年は未詳であるが、蕪村・几董《きとう》に師事、几董没後は、師の追善集や多数の俳書を刊行した人物である。
この句は、句合「蛙合《かはづあわせ》」（仙化編　貞享三年　閏三月）に収録されており、一番の左という評価の高い位置に置かれている。

第一番

左

古池や蛙《かはづ》飛こむ水のおと　　芭蕉

右

いたいけに蝦《かはづ》つくばふ浮葉哉《かな》　　仙化

しかし、俳諧撰集「庵桜《いおざくら》」（西吟編　貞享三年　三月下旬）には、

古池や蛙飛ンだる水の音　　芭蕉翁桃青

として掲出されている。「庵桜」は西鶴に師事して執筆《しゆひつ》（記録係）を務め、「好色一代男」

の版下を書いたとされる西吟が、知己から寄せられた発句や知友と詠んだ連句などを一書に編んだものだが、「蛙合」は閏三月の刊であるから「庵桜」の方が若干早い時期のもので、初案と考えられている。

「俳諧七部集」（柳居編）に収められている「春の日」（荷兮編　貞享三年　八月下旬）には、

古池や蛙飛《かはづとび》こむ水のをと　芭蕉

となっている。

各務支考の「葛の松原」（元禄五年）には、この句の成立について、「弥生も名残おしき比《ころ》にやありけむ、蛙の水に落る音しばしばならねば、言外の風情この筋にうかびて、蛙飛こむ水の音　といへる七五を得給へり。晋子《しんし》が傍に侍りて、山吹といふ五文字をかふむらしめむかと、をよづけ侍るに、唯、古池とはさだまりぬ」とある。芭蕉は「蛙飛こむ水の音」の句を先に得て上の五文字を何にするかを考えていた。晋子（其角）が「山吹や」を主張したが結局「古池や」に定まったという。支考は、元禄三年三月、近江の国で芭蕉に入門した晩年の門人である。芭蕉が亡くなったのは、元禄七年であるから亡くなる四年前の入門である。この句が詠まれた頃にはまだ門人となっていないので、誰か他の門人から聞いた話なのかもしれない。しかし、支考によると、初案から「蛙飛びこむ水の音」であったことになる。

また、尾張の蕉風を開拓した越人《えつじん》が、支考・露川（尾張蕉門）を論難した「俳諧不猫蛇《はいかいふみようじや》」（享保十年）には「当流開基の次韻《じいん》もしらぬゆへ、蛙飛込の句より翁は眼を開き申さるゝの（略）妄言を申。蛙飛込の発句は次韻より十年も後に、予が所へ書越されたる発句なり。其角が脇あり、芦の若葉にかゝる蜘《くも》の巣といふ脇なり」とある。「次韻」とは桃青（芭蕉）が天和元年（一六八一）一月、京都の俳人、信徳・春澄らが出版した「七百五十韻」に呼応して、其角・揚水・才丸と組んで刊行した俳諧撰集「俳諧次韻」（天和元年・七）のことで、俳諧刷新への意気込みのみえる作品である。越人はこの「俳諧次韻」を蕉風の出発点と見ていた。「古池や」の句を蕉風開眼とする支考と対立するが「古池や」の句は、自分に送られてきた発句であり、脇が付されていたともするが、句の成立の経緯は明らかにされていない。

また、「暁山集《ぎようざんしゆう》」（方山《ほうざん》著、元禄十三年刊）という俳諧作法書には、

山吹や蛙飛込む水の音　　江戸桃青

という形で採られている。

「暁山集」は、方山が門人の問いに答えて先師から聞いた連歌や俳諧の法式をまとめたものである。方山（一六五一―一七三〇）は俳諧師・雑俳点者であり、はじめ重頼門、後に似船《じせん》門で元禄以後の京俳壇を担った人物といわれている。「山吹や」の句は、俳諧の式目の説明の用例として採り上げたもので「但、山吹やの五文字、一説に古池やと云ふもあり」と述べている。「暁山集」は、芭蕉の没後、六年経って発行されたものので、当時、「古池や」の句と、「山吹や」の句と両方が行われていた可能性がある。

さらに、復本一郎氏の「芭蕉古池伝説」（大修館書店）によると、「山吹や」の句を伝える書簡が報告されているとのことである。雑誌「国漢研究」の昭和十一年二月号、五月号に発表された安藤直太朗氏の「鳴海蕉門瑣言」なる論文で以下のような書簡である。

古池

山吹や蛙とびこむ水の音　芭蕉

蘆の若葉にかゝる蜘蛛の巣　其角

貞享二年春

先達而《せんだつて》の山吹の句、上五文字、此度《このたび》、句案じかへ候間、別に認遣《したためつかわ》し候。初のは反故被成可被下候《ほごになされくださるべくそうろう》。此度、其角、上方行脚致し候。是又宜《よろしく》御世話頼入候。

芭蕉

知足様

以上のような書簡である由だが、これによると、芭蕉は「山吹や蛙とびこむ水の音」の句を、後日、「古池や蛙とびこむ水の音」に改めたということになる。知足は尾張国鳴海宿の庄屋であり延宝期には東西の有力俳人と交渉を持ち、芭蕉にも関心を寄せていた人物とされる。知足主催百韻に芭蕉の評を請うたり、元禄七年（一六九四）の最後の旅でも知足亭に芭蕉を迎えている。

しかし、この書簡は刊行されている芭蕉書簡集には採録されていない。「芭蕉書簡集」（岩波文庫）や「全釈芭蕉書簡集」（新典社）などには、六通の書簡が採られているが貞享三、四年頃の宛名は「寂照」「寂照居士」「寂照老子」「寂照叟」であって、知足という宛名のものはない。疑義の残る書簡と考えられ採録されていないのであろう。

しかし、越人の「俳諧不猫蚫」に「古池や」の句に其角の「芦の若葉にかかる蜘の巣」の脇がついていたという説と文字の異同はあるもののこの書簡は、復本一郎氏のおっしゃるように符号している。

とにかく「古池や」の句は、紆余曲折を経て成立した句のようである。

(2) 蕉風開眼

「古池や」の句は芭蕉開眼の句とされている。それはどんな点にあるのだろうか。

新古典文学大系「元禄俳諧集」（岩波書店）所載の「蛙合」（貞享三年、仙化編）の

この句の脚注によると「古今集・仮名序の『花に鳴く鶯、水に住むかはづの声を聞けば生きとし生けるもの……』以来の伝統和歌の世界で鳴くものとして重宝された蛙（ただし古今集の『かはづ』はいまの河鹿）の俳諧的な飛ぶ蛙として古池に飛びこむ音を取りあげて閑寂幽玄の情緒を表現したところに、この句の新しさがあった。」としている。

また、「芭蕉句集」（新潮古典集成）の「古池や」の句の頭注においても同趣旨の解説があり「伝統和歌では専ら『鳴く蛙』を扱ったが、伝統にない『飛ぶ蛙』の水音を詩化したところに俳諧美の発見がある」とする。

「かはづ」は「かへる」の歌語もしくは雅語とされ、田で鳴く蛙よりも河鹿蛙が和歌に詠まれその声が愛でられた。

後の題詠歌に影響を与えたとされる「永久百首」（永久四年）の蛙の題詠歌七首は「かはづなくなり」（三首）「声きこゆなり」「すだく蛙」「かはづすだく」「すだく声」と七首すべて蛙の鳴き声が詠まれている。

連歌寄合《よりあい》（前句の中の詞と縁のある詞）の手引書である「連珠合璧集《れんじゅがっぺきしゅう》」（兼良編　文明八年春以前）には「蛙とアラバ。井で。山吹。相宿り。かひやが下。苗代水。水に住む。歌。」と蛙と取り合わせる景物が決められていた。

しかし、「古池や」の句では和歌的連歌的な世界の「蛙」ではなく、その動きを詠む「飛ぶ蛙」であり、そこに俳諧としての特色を見出そうとしたのであろう。

「三冊子」（元禄十五年、土芳著）に「水住む蛙も、古池に飛び込む水の音といひはなして草にあれたる中より蛙のはひる響に俳諧をきゝ付けたり」や「俳諧蒙求《はいかいもうきゅう》」（麦水著　明和七年）に「春深く花おぼろなる夜、無声の蛙に感を発し、過去未来の響ハたへて、只一ツの水音に清意味を尽されたり」と「水音」に焦点が当てられている。さらに、「朱紫《あけむらさき》」（吾山著　天明四年）には「古人は声のみ詠じ来たれるに、其音をきゝ出してはじめて正風を発起せらり」と「飛ぶ蛙」によって生じた「音」によって「正風（蕉風）」の新しい俳諧が興ったとする。

さらに、「十論為弁抄《じゅうろんいべんしょう》」（渡部《わたなべ》ノ狂《くるう》〈支考の別号〉著　享保十年）「古池はつくろはずして俗語に風雅のさびなるを」とあるように「古池」という俗語によって「風雅のさび」が詠まれていたとする。

また、「俳諧無門関」（蓼太《りょうた》編　宝暦十二年）には「古池や」の句について「其角、翁に問ひて曰『山吹やの五文字を置て、荘厳せばいかん』翁曰『汝に在りては可也。

余におゐては不可也』と宣ふ」と言ったとある。蛙と言えば、山吹という取り合わせのマンネリ化を指摘しているのである。

以上のように、「古池や」の句の新しさは、伝統的な蛙の「鳴く声」でなくその動きや姿態、そして「音」に注目した「飛ぶ蛙」であったこと、さらにその蛙がどこにでもいる、河鹿蛙でない普通の蛙であったこと、「古池」という俗語が用いられているなど、和歌、連歌の世界では取り上げなかったものまで素材化したこと、連歌における、たとえば「蛙」と「山吹」などといった取り合わせの硬直したマンネリ化から脱しようとしたことなどに俳諧としての新しい発見があったのである。

ここに新しい境地、蕉風が開眼した。

(3)「古池や」の句の評価

次に、「古池や」の句がどのように評価されてきたかを見たい。

支考の「俳諧十論」(享保四年跋)では、

天和（一六八一～一六八四）の初めならむ、武江（武蔵国　江戸）の深川に隠遁して古池や蛙飛こむ水の音といへる幽玄の一句に自己の眼をひらきて、是より俳諧の一道はひろまりけるとぞ

と言い、芭蕉開眼の句として評価している。

「俳諧百一集《はいかいしやくいちしゆう》」（尾崎康工《こうこう》編　明和二年）は芭蕉を巻頭に、守武、宗鑑以下、康工も含め麦林で終わる俳人百人を選び、画像と一句を掲げて、康工の評を記した百人一句集である。芭蕉については「古池や」の句を掲げ、

いかなる意味や有けん。吟じてなみだを流し、唱《となへ》てさびしみ自然とあらはる。中々申《まうす》までもなし。凡慮の及ぶ所にあらず。玄々妙々にして独歩也。信ずべし、仰べし。

と、絶賛している。康工は、四十歳過ぎに、義仲寺に滞在して芭蕉の墓守をしたと言われているが、芭蕉に心酔していたものの評である。

時代は下がるが、加舎白雄《かやしらお》（江戸中期の俳人　一七三八〜一七九一）著、拙堂増補の蕉風俳諧の作法をわかりやすく説明した「俳諧寂栞《はいかいさびしおり》」（文化九年）で、

古池や蛙飛こむ水の音　道の辺の木槿は馬に喰れけり　この二句は蕉門の奥儀也。つとめてしるべし。

と評価している。

しかし、批判的な論も見られる。

蕪村と親交のあった雁宕《がんとう》（?〜一七七三　下総国結城の人）の「合補誹談草稿《がっぽはいだんそうこう》」（明和元年）では、

「古池や」と五文字にて、いよ〳〵閑雅也と、世に沙汰するも非なり。「古池や」として寂をつけたるものならば、芭蕉此の趣向に、はや一点の濁りを加へて自然を失ひ、尋常の作意に同じくして無上の趣向とは有べからず。

と「古池や」という五文字を用いたことに疑問を感じている。

蕪村とも交流があり、俳諧師で稗史《はいし》実録作者でもあった麦水（一七一八〜一七八三）は、問答形式で復古革新論を論じた「蕉門一夜口授《しょうもんいちやくじゅ》」（安永二年）の中で、

此句、初心蕉門の人は、名吟秀逸のやうにおもへるものあり。左《さ》にあらず。只是、翁《おきな》常の吟にして、強《し》ひていはば少は不出来《ふでき》なる方ならんと思へり。

と述べている。

近代においても、正岡子規は「古池の句の辨」（『子規全集』第四巻　講談社）の中で、俳諧の歴史的経緯を踏まえた上で、

古池の句の意義は一句の表面に現れるだけの意義にして復他《また》に意義なる者なし、しかるに俗宗匠輩がこの句に意義があるが如く言い做《な》し（中略）俗人を瞞著《まんちやく》せんとするに外ならざれども（中略）余等も亦《また》古池を以て芭蕉の佳句とは思はず、否、古池以外に多くの佳句あるを信ずるなり。

と言っている。
高浜虚子も「俳句はかく解しかく味う」（岩波文庫）の中で、この句の歴史的な価値を認めながらも、

芭蕉の句といえば先ず古池の句というほどに有名なものになっているが、この句は果してそれほどいい句であるかという事については已に大分議論のあったことである。実際この句の如きはそうたいしたいい句とも考えられないのである。

と断じている。
長谷川櫂氏は「古池に蛙は飛びこんだか」（花神社）の中で、

古池の句は芭蕉が蛙が水に飛びこむ音を聞いて貞享三年春という現実のただ中に打ち開いた心の世界だった。（第三章）古池の句のもう一つのはるかに大きな意義、それは俳諧の発句に初めて心の世界を開いたことだった。（略）俳諧の歴史

の中で画期的な開眼の句だった。（第四章）

と述べ、「水の音」という現実の世界と「古池や」という心の世界との取り合わせが芭蕉の新しい俳諧である蕉風の開眼だったと見ている。

以上のように、この「古池や」の句は、各時代を通していろんな見方がなされ、人々の俳句観の違いによって多様な世界を見せている。

〔2〕「旅に病で」の句

(1) 最後の旅

病中吟

旅に病で夢は枯野をかけ廻《めぐ》る　　芭蕉

この句は、芭蕉の生涯最後の句である。しかし、辞世の句ではなく、あくまでも「病中吟」である。

芭蕉は、西国への旅の途中、元禄七年（一六九四）十月十二日の午後四時頃大坂で亡くなった。

芭蕉はかねてより、四国、西国（九州）を旅したいと考えていた。

元禄三年（一六九〇）正月二日付荷兮《かけい》（尾張蕉門の主導的地位にあった俳人）宛の書簡では「四國の山ぶみ、つくしの舩路《ふなぢ》、いまだこころさだめず候」と四国、九州の旅は念頭にあるものの、決めかねている由を記している。

同じく元禄三年四月十日付如行《じよこう》（芭蕉の門人　美濃国大垣藩士　後致仕して僧となる）宛書簡では、

持病下血（痔疾）などたび〳〵、秋旅四國、西國《さいごく》もけしからずと、先《まず》おもひとどめ候。乍去《さりながら》備前あたりよりかならずとまねくものも御座候へば、与風《ふと》風にまかせ候ま而難定《でさだめがたく》候。

と、一月の頃から考えていた四国、九州の旅を持病のため断念したが、備前（岡山県南東部）あたりからの誘いもあり、急に思い立つこともあるかもしれないと旅への思いが強いことを伺わせる内容となっている。元禄三年四月といえば、前年の奥の細道の旅の後、江戸へは帰らず、伊勢、伊賀、奈良、京などを経て、大津の国分の幻住庵に滞在していた頃で、この書簡の内容からも幻住庵から出したことがわかる。すでにこの頃から、芭蕉は次の旅の目的地を、四国、九州地方と考えていたのである。四年後の元禄七年（一六九四）正月二十日付猿雖《えんすい》（芭蕉の門人で伊賀上野の豪商）宛書簡で、

漸々《やうやう》旅心もうかれ初《そめ》候。され共《ども》いまだしかと心もさだまらず候へ共《ども》、都の空も何となくなつかしく候間、しばしのほど成共《なりとも》上り候而《て》、可懸御目《おめくにかかるべく》と存《ぞんじ》候。

と旅の心が定まりかけたことを記している。

いよいよ五月上旬、深川の子珊《しさん》（蕉門。芭蕉の晩年に指導を受けた）亭の別屋敷で送別の句会が催され、五月十一日、二郎兵衛（芭蕉の内妻といわれた寿貞尼の子）を伴い、伊賀への帰郷を兼ねて最後の旅へと出発した。

芭蕉五十一歳の年である。

(2) 俳諧行脚

芭蕉は留別として次の句を残した。

「芭蕉翁行状記」(路通編　元禄八年　芭蕉追善集)によると、

五月十一日江府《えふ》(江戸)そこ〳〵にいとま乞して、乙州《おとくに》(近江国大津の荷問屋蕉門　芭蕉の上方滞在中はよく支えた)が宿せし京橋(東京都中央区)の家に腰かけ、いざともに古郷かへりの道連せんなど、つねよりむつましくさそひ給へども、一日二日さわり有とてやみぬ。名残おしげに見へて、たちまどひ給ふ。弟子共追々にかけつけて、品川の駅にしたたひなく。

麦の穂を便《たより》につかむわかれかな　翁

心を寄せる人物に伊賀への同行を誘ったりしているが、芭蕉の体調への不安を髣髴とさせる句である。

五月二十八日故郷の伊賀上野に到着し、しばらく休息した後、閏五月十一日の雪芝《せっし》（蕉門　伊賀上野の酒造家）亭での歌仙の興行を皮切りに行脚に出た。

十六日には留守中寿貞尼の世話を頼んだ猪兵衛の実家である山城の加茂の平兵衛宅に泊った。

十七日は大津の乙州亭に一泊。

十八日には膳所の曲水亭（蕉門　膳所藩の重臣）に四泊。

二十二日には洛西嵯峨の落柿舎に入り、支考らと歌仙興行。

下旬には大坂の之道《しどう》（大坂本町の薬種商か）を落柿舎に迎え歌仙を巻く。

六月八日、江戸の猪兵衛より寿貞尼が死去したとの報せが届くが、二郎兵衛のみを江戸に帰した。

十五日には、京より膳所に戻り七月五日まで義仲寺内の無名庵を宿とした。

十六日には曲水亭で夜遊の宴があり、歌仙を巻いている。

二十一日には大津の木節《ぼくせつ》（蕉門　大津の医師）亭で、支考・惟然《いぜん》らと歌仙興行。

中下旬には膳所の游刀（能大夫）亭、本間主馬（俳号　丹野　能大夫）亭などに滞在する。

七月上旬には木節亭に遊ぶ。

七月五日、無名庵を出て、京都の桃花坊（京都市北野あたり）の去来宅に移り、十日過ぎまで滞在している。

五月に江戸から伊賀上野へ一旦帰ってからの、三か月近くかけての知辺を頼っての精力的な行脚であった。それも「かるみ」の理解、浸透を目差しての、病身を押しての行脚であった。

杉風宛、元禄七年（一六九四）六月二十四日付の書簡の中で、他門の大坂の俳諧師、才丸が洒堂に語った話として、「別屋敷」（元禄七年五月刊）を見て「あまり世の風俗、俳諧手づまり候様に成候處、何様いかやうにも可有之事《これあるべきのこと》と内々存候、これは〳〵と驚候」と語ったと伝えている。才丸は行き詰まっていた俳諧が「別屋敷」の「かるみ」によって新風を吹き込まれたと言っているのである。

芭蕉には面目躍如たるものがあったであろう。

芭蕉が俳諧行脚から再度故郷の伊賀上野に戻ったのは七月中旬であった。

江戸から伊賀上野へ帰郷したのは五月二十八日であるが、閏五月をはさんで三か月程の俳諧行脚であった。

七月十五日には実家で盆会を営んでいるが、行脚中に江戸で亡くなった寿貞尼の霊にも追善の句をささげている。

尼寿貞が身まかりけると聞きて

数ならぬ身となな思ひそ玉祭り　（ありそ海）

「玉祭り」とは、先祖の霊を祭る盂蘭盆《うらぼん》のこと。

生涯を不仕合わせに終わった寿貞尼に対し、いたわりと悲しみの気持ちをこめている。寿貞尼と芭蕉との関係についてはいろんな説があるが、こういった句を詠むほどの深いつながりがあったのだろう。しかし、俳諧行脚は寿貞尼の死以上の、きびしい、覚悟を決めた行脚だった。それだけに深い悲しみが一句を貫く。

芭蕉が西国へ向かって旅立ったのは九月八日のことである。まずは難波を目差した。難波には、当時不仲になっていた、門人の之道《しどう》（大坂本町の薬種商か）と洒堂《しやどう》（大津膳所の医師　大坂に進出していた）が居り、その和解に努めるためであった。「笈日記」（支考）によると、伊賀上野の出発に際し、阿叟《あそう》（芭蕉のこと）のこのかみ（兄）もおくりみ給ひて、かねて引わかれたる身の此後《このご》はあはじ〳〵とこそあきらめつるに、たがひにおとろへ行程《ゆく》は、別《わかれ》も、あさましう（嘆かわしく）おぼゆるとて、供《ぐ》せられつる、もの共《ども》に、介抱の事などかへすぐ〳〵たのみて、背影《うしろかげ》の見ゆるかぎりはゐ給ひぬ。

と、兄も病衰した芭蕉を心配し、付添った、支考、素牛、二郎兵衛、又右衛門（兄の子）、半残らに介抱を頼んでいる。

事実、その旅は「芭蕉翁追善之日記」（支考）によると、

かも（加茂）といふ所より船をあがりて行に、一里ばかり日暮て月の影にたどる。十余町（約一キロ余り）の間にして殊の外につかれて、青芝の上にいきづき（あえぎ）給へるを、とかくにいたはりて、宿をさだめけるに這入《はひいり》て、宵のほどをまどろミぬ。

という状態であった。

難波に向かうのを九月八日にしたのは「奈良の旧都の重陽をかけんとなり」（笈日記）と、旧都奈良で九月九日に重陽の節句を迎えたいと思ったからであった。

「笈日記」（支考）には、

船をあがりて、一、二里がほどに日をくらして、さる沢のほとりに宿をさだむるに、はい入《いり》て宵のほどをまどろむ。（中略）まして今年は殊《こと》の外《ほか》によはりたまへり。その夜はすぐれて月もあきらかに、鹿も声〲にみだれてあはれなれば、月の三更（午前零時頃）なる比《ころ》、かの池のほとりに吟行す。


とあり、今年は殊の外に体が弱っていること、猿沢の池近くに泊ったこと、夜中に猿沢の池のほとりを吟行したことを述べている。

その時に詠んだのは、次の句である。

ぴいと啼尻声《なくしりごゑ》かなし夜の鹿　翁

鹿の音《ね》の糸引《ひき》はえて月夜哉　　支考

旧都奈良の夜更けに、「ぴい」と鳴く鹿の声は、絹を裂くように鋭く、はらわたを断たれたような悲壮感がある。芭蕉の句は、自分自身の心の表現でもあったのだろう。

(3) 奈良から大坂へ

九月九日、芭蕉一行は、朝、奈良を出発して、大坂へ向かった。その朝、重陽の節句を迎えての吟が人口に膾炙されている次の句である。

菊の香《か》やな良《ら》には古き仏達　　(笈日記)

一行は、暗峠《くらがりとうげ》を越え、宵の頃、大坂に着いて高津《こうず》(大阪市中央区)の洒堂亭を宿とした。

暗峠で作ったのが次の句である。

菊の香《か》にくらがり登る節句かな　（菊の香）

暗峠は、旧奈良街道、現在の奈良県生駒市西畑町と大阪府東大阪市豊浦町との境にある峠である。標高四五五メートル、生駒山地における難所で、つづら折りがすくなく、直線的な急勾配がつづく。

この暗峠の街道筋（暗峠奈良街道）に、寛政十一年（一七九九）地元豊浦村の中村耒耜《らいし》により、芭蕉復古の気運が高まるなか、芭蕉の百年遠忌を契機にこの句の句碑が建てられた。しかし、山津波により倒され、いつしか行方がわからなくなっていた。そこで、芭蕉の旧跡が忘れ去られるとの思いから、明治二十三年（一八九〇）、俳句同人六郷社の有志によって、自然石の表面に大坂の豪商、平瀬露香の筆により句碑が再建された。一方、行方不明になっていた元の句碑がその後村人によって発見され、三つに折れていた細長い石材を接合して、大正二年（一九一三）に日蓮宗勧成院境内に移設された。この二つの句碑は現在東大阪市の指定文化財となっている。

以上のように、暗峠と勧成院とに同じ芭蕉の句を刻んだ句碑が残されている。（東大阪市の句碑の説明による。）

「芭蕉翁追善之日記」（支考）には、

此日くらがりを越て大坂にいたる。生玉《いくたま》（大阪市中央区）の辺に日を暮らして

とある。

元禄七年（一六九四）、九月二十三日付の意専（猿雖《えんすい》）・土芳宛書簡には、

九日《ここのか》南都をたちける心を

菊に出《いで》て奈良と難波は宵月夜

の句を記している。

「菊に出て」は、菊の日に奈良を立っての意であり「宵月夜」とは宵の間だけ出て消える新月の頃の月の意である。

古都奈良を出て、難波の旧都についた時分は日も暮れかかっており、空には宵の月が美しく光っていた。この月は、奈良の菊も照らしていることだろうと言うのである。芭蕉も、やっと心を休めることができたのだった。

(4) 住吉の市

洒堂亭を宿とした芭蕉は、九月二十三日付の、兄の松尾半左衛門宛の書簡で、伊賀出発後の消息を伝えているが、十日ほど健康を害した旨を記している。

私《わたくし》南都(奈良)に一宿、九日に大坂へ参着、道中に又右衛門(兄の子)かげにてさのみ苦労も不仕《つかまつらず》、なぐさみがてらに参《まゐり》つき申候。大坂へ参候而《て》、十日之《の》晩よりふるひ付申《つきまうし》(震える)毎晩七つ時《どき》(午後四時頃)より夜五つ(午後八時頃)まで、さむけ・熱・頭痛参候而《て》、もしはおこり(瘧)に成可申《なりまうすべき》かと薬給《たべ》候へば、廿日比《ごろ》よりすきとやみ申候。

と述べているが、この文面には「なぐさみがてらに参つき」や「廿日比よりすきとやみ申候」などどと兄を心配させまいとする心遣いが見られる。「笈日記」（支考）にあるとおり実際は「伊賀を出て後は、明暮になやみ申されしが」であり、元禄七年（一六九四）九月二十五日付曲水宛書簡にも「伊賀より大坂まで十七八里、所〳〵あゆみ候而《て》、（略）中《なか》〳〵二里とはつゞきかね、あはれ成物《なるもの》にくづをれ候間」というきびしい旅であった。

九月十三日には住吉神社の「住吉の市」を見物したが、その時にも病気で体調をくずしている。

「住吉の市」は「住吉宝の市」ともいい、陰暦九月十三日に、御田で刈り取った初穂と五穀を神前に供える神事であるが、その日は境内で枡や銀を入れる器などを売っていた。その桝を用いれば富を得るというので参詣人が買って帰ったという。

「笈日記」（支考）によると、

今宵は十三夜の月をかけて、すみよし（住吉）の市に詣《まうで》けるに、昼のほどより雨ふりて、吟行しづかならず。殊《こと》に暮〳〵は悪寒《をかん》になやみ申されしが、その日もわづらはしとて、かいくれ(すぐに)帰りける也。次の夜はいと心地よしとて、畦止《けいし》(大坂の人といわれる。)亭に行《ゆき》て、前夜の月の名残（九月十三夜の月）をつぐなふ。住吉の市に立《たち》てといへる前書ありて、

斗買《ますかう》て分別かはる月見かな　翁

とある。

当日、畦止亭で月見の句会をする予定があったが、住吉の市を見物中に雨も降り、悪寒に襲われて急拠宿に戻った。よほどのことがあったのだろう。「斗買て」の句は、この戻った理由を、斗を買ったら、世間的な分別が出てしまって、月見の句会に出席するのをやめて戻ったと弁解しているのである。芭蕉は体調を気遣う門弟達にユーモラスにこたえている。

翌日、この句を立句にして七吟歌仙が巻かれている。「住吉物語」(俳諧撰集　青流〈祇空〉編。元禄九年刊か。) によると、芭蕉・畦止・惟然・洒堂・支考・之道・青流

の七人である。芭蕉が難波に立ち寄った理由は、元禄七年（一六九四）九月二十五日付正秀宛書簡にもあるように「之道・洒堂兩門の連衆打込之會《れんじゆうちこみ》相勤《あいつとめ》候。是より外《ほか》に拙者働《せつしやはたらき》とても無御座候《ござなく》」と、合同の句会を催して、二人の調停をすることにあった。十四日の句会に、洒堂、之道の両名が連座したことは、その調停が成功したことを示しているのかもしれない。

この「舛買て」の句は、住吉公園事務所の傍らに句碑となって建っている。元治元年（一八六四）芭蕉の百七十回忌を記念して大坂の俳句結社「浪花月花社」が建てたものである。

住吉神社では、現在もこの宝之市神事は、十月十七日に、市は立たないが行われている。宝之市は、日本最古の市であり、商都大阪の起源と言われている。

（5）大坂での句会

住吉の句会の後も芭蕉は病衰を押して、積極的に句会をこなしていく。

九月十九日、其柳《きりゆう》（大坂の蕉門）亭で、

秋もはやばらつく雨に月の形《なり》　（笈日記）

を立句に、芭蕉・其柳・支考・酒堂・游刀・惟然・車庸《しやよう》・之道で八吟の歌仙が巻かれている。

二十一日は、車庸（大坂の蕉門　富裕な町人）亭で、

秋の夜を打崩《うちくづ》したる咄《はなし》かな　（笈日記）

を立句に、芭蕉・車庸・酒堂・游刀・諷竹・惟然・支考で、七吟半歌仙が興行された。

この句について「笈日記」（支考）には、「此句は寂寞枯槁《せきばくこかう》の場をふみやぶりたる老後の活計、なにものかおよび候半《さふらはん》とおの〳〵感じ申《まうし》あひぬ」と記している。

翌朝、次の句を作っている。

あるじは夜あそぶことを好みて
朝寝せらるる人なり。宵寝《よひね》はい
やしく、朝起きは忙《せは》し
おもしろき秋の朝寝や亭主ぶり

前書は、車庸編「まつのなみ」（元禄十五年）による。自ら朝寝して、客にも心安く朝寝させてくれる車庸の心配りに親愛の情を示した句である。

二十六日には、大坂の新清水《しんきよみず》（大阪市天王寺区）の料亭浮瀬《うかむせ》で、泥足《でいそく》（蕉門　江戸会所の商人で長崎勤務　江戸の蕉風を長崎に伝えた）主催の十吟半歌仙が巻かれた。その立句が、

所思
此道や行人《ゆくひと》なしに烁《あき》の暮　（其便）

であった。芭蕉・泥足・支考・游刀・之道・車庸・酒堂・畦止・惟然・亀柳の十人で

ある。「笈日記」（支考）によると、当日、芭蕉はこの句のほかに、もう一句、

人声や此道かへる秋のくれ

を示し意見を求めたが、

此二句の間いづれかをかと申されしに、この道や行人《ゆく》なしにと独歩したる所、誰《たれ》かその後にしたがひ候半《さふらはん》とて、そこに所思といふ題をつけて、半哥仙侍り。爰《ここ》にしるさず。

とあるように、「此道や」を採っている。この半歌仙は「其便《そのたより》」（泥足編　元禄七年）に収められている。

二十七日には、園女《そのめ》（芭蕉が伊勢参宮の折、自宅に迎えて入門　その後、大坂へ移住）亭で、芭蕉・園女・之道・一有・支考・惟然・酒堂・舍羅・何中による九吟歌仙が巻かれているが、その立句が、

白菊の目にたてゝ見る塵《ちり》もなし

である。「笈日記」（支考）では、

是は園女《そのめ》が風雅の美をいへる一章なるべし。此《この》日の一会を生前の名残とおもへば、その時の面影も見るやうにおもはるゝ也。

と述べている。眼前の白菊に園女のイメージを重ねた挨拶句であるが、芭蕉の生前の面影も見えるようで、支考にとっては、芭蕉を偲ぶよすがとなる句なのであろう。

二十八日、「芭蕉翁追善之日記」（支考）によると、

畦止亭にうつり行。その夜ハ秋の名残をおしむとて、七種の恋を結題にしておの〳〵発句しける。

其一　月下《げつか》ニ送《ちごを》児《おくる》

月すむや狐こハがる児《ちご》の供《とも》　翁

とある。畦止亭で七種類の恋を題にして、七名がそれぞれに恋の発句を詠んだというのだが「其便《そのたより》」（泥足撰　元禄七年）によると芭蕉以外は、洒堂（寄鹿憶壻《しかによせてむこをおもふ》）・支考（寄薄戀老女《すすきによせてらうぢよをこふ》）・惟然（寄稲妻妬人《いなづまによせてひとをねたむ》）・畦止（深窓荻《しんさふのをぎ》）・泥足（寄紅葉恨遊女《もみぢによせていうぢよをうらむ》）・之道（聴砧悲離別《きぬたをききてりべつをかなしむ》）の六人である。

芭蕉の句の児は男色の対象となる子どもであり、男色の恋が題になっている。狐が鳴くのを恐がって児が男にすがりつく様を詠んでいるが、月夜の狐と児の取り合わせは、妖艶で物語的である。芭蕉にはこうした一面もあったのである。

二十九日、夜、烈しい下痢にみまわれて、日を追って悪化した。

「笈日記」（支考）には、

> 此《この》夜より泄痢《せつり》（下痢）のいたはりありて、神無月一日の朝にいたる。しかるを此叟《このおきな》（芭蕉のこと）はよのつね腹の心地悪《あ》シかりければ、是もそのまゝにてやみなんと思ひいけるに、二日三日の比《ころ》よりやゝつのりて、終《つひ》に此愁《このうれひ》とはなしける也。

とある。芭蕉は二十九日の夜の下痢もふだんのものと思い、そのうち良くなるだろうと考えていたが、それがますます激しくなって死につながったというのである。

十月五日、南御堂前、花屋仁右衛門方の裏座敷に病床が移された。芭蕉は、大坂へ着いた当座は洒堂亭（天王寺区高津町）を宿としたがこの時点では之道亭（大坂の西横堀東へ入ル本町）に移っていた。そこから、「此朝南の御堂の前しづかなる方に病床をうつし」（「笈日記」）たのである。そして、「膳所・大津の間、伊勢・尾張のしたしき人〳〵」（「笈日記」）に急が報ぜられた。支考・素牛・之道・舎羅・呑舟《どんしゅう》・二郎兵衛らが看護にあたった。

(6) 芭蕉の最期

芭蕉の終焉前後の様子は「芭蕉翁追善之日記」「笈日記」（以上　支考）、「芭蕉翁行状記」（路通）、「枯尾花」（其角）所収の「芭蕉翁終焉記」その他芭蕉の書簡によって知ることができる。

「笈日記」の十月五日の条には、その日の夕暮れ、病床にあった芭蕉は、支考を枕許に呼んで「殊の外に心の安置したるよし」を告げたと言う。それに対して支考は、

さばかりの知識達（名僧たち）も生死は天命とこそおぼし候へ、ただ心のやすからむはありがたう侍ると申して、介抱のものも心とけぬ。

と述べている。命というものは天命であるが、芭蕉の心が安らかであるのがなによりであると言うのである。芭蕉は命を惜しんで嘆いたり取り乱したりしていない。死への恐れなどはなかったのである。

翌六日の条では、

きのふの暮よりなにがしが薬にいとこゝちよしとて、みづから起《おき》かへりて、白髪《しらが》のけしきなど見せ申されしに、影もなくおとろへはて、枯木の寒岩にそへるやうにおぼえて、今もまぼろしには思はるれ。

と述べており、芭蕉の病衰の様が具体的に描かれている。

七日の条では、この朝、湖南の正秀《まさひで》（元近江国膳所藩士　蕉門　義仲寺の無名庵を新築）が夜船で駆け付けた。

直《ただち》に枕のほとりにめされて、何ともいふ事はなくて、泪《なみだ》をおとし給へりけるが、いかなる心かおはしけむ、しらず。

といった有様であった。正秀と芭蕉の深い心のつながりが伝わってくる。その後、京都から去来が、暮れ方には、乙州《おとくに》・木節《ぼくせつ》・丈艸《ぢやうさう》が、さらに平田（彦根市）の李由《りいう》が駆け付けた。京都から駆け付けた去来は、しばらくも病家をはなれなかった。その理由は、

此《この》夏阿叟（芭蕉のこと）の我方にいまして（五月二十二日　嵯峨の落柿舎に入っている）誰れ〳〵の人は吾を親のごとくし侍るに、吾老《おい》て子のごとくする事侍らずと、仰せられしを、いさしらず去来は世務にひかれて、さるべき孝道もなきにか

かる事承る事の肝《きも》に銘じおぼえければ、せめて此度《このたび》ははなれじとおもひ候へ。

ということであった。

師である芭蕉にせめてその最期だけでも、真心を尽したいという思いが伝わってくる。

八日の条には、之道が住吉神社に参詣して芭蕉の延命を祈ったとある。

此夜、深更に及んで介抱していた呑舟《どんしゆう》を呼んで、次の句を書き取らせた。

病中吟

旅に病《やん》で夢は枯野をかけ廻《めぐ》る

その後、芭蕉は支考を呼んで「なをかけ廻る夢心」という句も考えたが、どちらがよいかと尋ねた。支考は上の句は何かを聞き返そうとしたが、病気に障ると考え「此句なに丶かおとり候半《さふらはん》」と答えたという。

芭蕉は「旅に病で」の句を書き取らせたあと、次のように言った。

はた生死の転変を前にをきながら、ほっ句すべきわざにもあらねど、よのつね此《この》道を心に篭《こめ》て、年もやゝ半百（五十歳）に過《すぎ》たれば、いね（寝）ては、朝雲暮烟の間をかけり、さめては山水野鳥の声におどろく。是を仏の妄執といましめ給へる、たゞちは今の身の上におぼえ侍る也。此《この》後はたゞ生前の俳諧をわすれむとのみおもふはと、かへすぐ〳〵くやみ申されし也。

芭蕉は、五十を過ぎて、死に臨んだ今になっても、句を作ることにとらわれている自分の姿を仏のいましめておられる妄執だと見ている。すべての日常性を捨てて俳諧の世界に没入する自分をそれでしか生きられない人生としてがむしゃらにしがみついてきた。「無能無才にして此一筋につながる」（幻住庵記）と俳諧の道一筋に己をかけてきた芭蕉には、俳諧に執着することが生きることであった。「旅に病で」の句には、俳諧の道半ばにしてこの世を去っていく悔いと挫折がこめられており、旅行く自分を客観視することによって、納得しているように思われる。

死に臨んでの俳諧への執着は次の話にも見られる。

同じく「笈日記」によると、九日、薬を飲んだ後、支考に向かって次のように話したと言う。

此事は去来にもかたりをきけるが、此度《このたび》嵯峨にてし侍る、大井川のほつ句おぼへ侍るかと申されしを、あと答へて

大井川浪に塵なし夏の月

と吟じ申ければ、その句園女《そのめ》が白菊の塵にまぎらはし。是もなき跡の妄執とおもへば、なしかへ侍るとて

清瀧や波にちり込《こむ》青松葉　翁

に改めたという。「大井川浪に塵なし夏の月」の句は、九月二十七日に園女亭で催された九吟歌仙で詠んだ「白菊の目に立てて見る塵もなし」と発想が似ていて句に難があるとして作りかえたものである。

芭蕉の、句に対する厳しい姿勢が見られる。亡くなる三日前の話であるが、「此後はたゞ生前の俳諧をわすれむとのみおもふ」といいつつも、芭蕉は俳諧への飽くなき

追求を怠らなかった。
十日の暮れより発熱があり、常の状態で亡くなった。夜に入ってから去来を呼んで、少し話をした。その後支考を呼んで遺書三通を認めさせた。外の一通は自分で書いて、伊賀の兄、半左衛門宛に送った。次のようなものである。

御先に立候段、残念可被思召候《ざんねんにおぼしめさるべくさふらう》。如何様共《いかやうとも》又右衛門（兄の子）便《たより》に被成《なされ》御年被寄《よられ》、御心静に御臨終可被成候《なさるべくさふらう》。至爰《ここにいたつて》申上る事無御座《ござなく》候。市兵へ・次右衛門殿・意専老を初め、不残御心得奉頼候《のこらずこころえたのみたてまつりさふらふ》。中にも十左衛門殿・半左殿、右の通。ばゞさま（兄の老妻か）・およし（芭蕉の末妹）力落シ可申候。以上

十月　桃青

松尾半左衛門様

新蔵は殊に骨被折《をられ》忝《かたじけなく》候。

「芭蕉図録」（靖文社）の真蹟によると、「意専」の「意」は後から補われており、「不残」の「残」が抜けている。（ただし「不」を「忝」の草体と見る説もある。）全体的に

も筆蹟は乱れており、苦しい息の下から必死に書いていることがよくわかる。特に「至爰申上る事無御座候」には死に動じない達観した心が窺える。

日付が「十月」となっているのは、死の直前に日を記入するつもりだったが間に合わなかったのであろうとされる。

十一日の条には、芭蕉は薬を調合してくれていた木節《ぼくせつ》（蕉門　近江国大津の医師として芭蕉の最期を看取った）を呼んで次のように語ったと記されている。


吾《わが》生死も明暮にせまりぬとおぼゆれば、もとより水宿雲棲《うんせい》の身の、この薬かの薬とて、あさましうあがきはつべきにもあらず。ただねがはくは、老子（木節のこと）が薬にて最期までの唇をぬらし候半《さふらはん》、とふかくたのみおきて、此後《この》は左右の人をしりぞけて、不浄を浴し、香を焼《た》きて後安臥《あんが》してものいはず。


門下の信頼できる医師に身を委ね、身を清め、香を焼き、泰然自若として死を待つ姿には、神々しさすら感ぜられる。

当日の夕方、其角が病床に駆け付けた。「芭蕉翁追善之日記」（文考）によると、晋子《しんし》（其角）ふと入きたる其声のおどろき聞へけれバ、直に枕にめされて対語して退きぬ。初夜（午後七時から九時）の過るほどに又めして、病の寒温この道の廢興をしめやかに物語して、其夜ハよもすから伽《とぎ》に加り申されし。

とあり、其角と俳諧の道の今後の有様について話し合っている。前日の十日に、芭蕉の傍らに侍っていた者達が、今後の俳諧はどのようになっていくかと尋ねた時、「笈日記」（支考）によると、

されば此《この》道の吾に出《いで》て後三十余年にして、百変百化す。しかれども、そのさかひ真草行の三をはなれず。その三が中にいまだ一二をもつくさざる

と、芭蕉は談じたとされる。すでに十日にこのように話をしているにもかかわらず、十一日に、後れて駆け付けた其角とあらためて、今後の俳諧について話し合っているのは、それだけ其角への信頼が深かったことを物語っているのであろう。芭蕉は其角

に自分の死後の俳諧について頼みおくことがあったのかもしれない。

　其角は芭蕉が俳諧の宗匠として立机する以前からの門人である。其角が入門したのは「五元集《ごげんしゅう》」（其角著　旨原編　延享四年）に「延宝のはじめ桃青門に入しより」（自序）とあるので、延宝の初め頃となる。延宝三年（一六七五）に、東下中の西山宗因歓迎の百韻が興行されたが、その連衆の中に桃青の名が見える。これが文献に見える桃青号の初めであり、そんな頃からの門人なのである。其角は、蕉門ではあるが、その作風は、芭蕉とは違った。芭蕉の七回忌追善集「三上吟《さんじょうぎん》」（其角編　元禄十三年）の亀毛の跋に「其ノ作新奇壮麗ニシテ先師ノ枯澹ヲ以ツテ範トナサズ」とあり、新奇な表現を好み、才気ある機知に富んだ句が多い。「去来抄」によると、芭蕉は其角の「切られたるゆめはまことかのみのあと」の句について、「かれは定家の卿也。さしてもなき事を、ことごとしくいひつらね侍る」と評したとあるが、その特異な気質と才能を見抜いている。

　無名時代からの門人であり、この特異な気質と才能を持った其角に、芭蕉は病床で託するものがあったのかもしれない。

　十二日、病に臥している間も、飲食は摂っていた芭蕉が、昨十一日の朝より今宵にかけて食事を摂らなくなった。「芭蕉翁追善之日記」(支考)には次のように記されている。

されば此叟《おきな》のやミ(病)付申《つき》されしより飲食ハ明暮をたがへ給ぬに、きのふ十一日の朝より今宵かけてかきたえぬれば、生命も此日にきハまりぬらんと、人々は次の間にしこり(固り)居てなにかをいへる人なし。病床の左右に侍る者ハ呑舟《どんしゅう》(之道門　近江国大津の人　臨終の芭蕉を看病したことで知られる)と二郎兵衛(寿貞尼の子)となり。支考ハ二子が聞あやまる事もやとて背《せな》に見いたるに、午の時(真昼の十二時)ばかりに目のさめたるやうに見渡し給へるを心得て、粥の事ひたすらにすすめ申けれバ、たすけおこされて唇をぬらし給へるなり。其日《そのひ》ハ、小春の空の立帰て暖なれバ、障子の蠅の集り居けるをにくミてとりもちを竹にぬりて狩りありくに、上手と下手のあるをおかしがりて、此蠅のおもハぬ病人をやどしてよろこぶらめとゐミ(笑)て申されければ、介抱の者も嬉しくてこゝろとけぬ。其後ハ何事もいハずなりて臨終申されしに、誰も〳〵茫然として、終の別《わかれ》とは今だにおもハぬなり。

臨終の様子が克明に描写されている。昏睡から覚めて体を起こし、粥で唇を濡らしたあと、看護の者達が、とりもちを付けた竹で蝿を捕えるのを楽しそうに眺めていたのを最後に、静かに息を引き取った。申の刻（午後四時頃）のことである。享年五十一歳であった。

(7) 義仲寺へ

芭蕉の死後の様子については、「枯尾花」（其角）の「芭蕉翁終焉記」に詳しい。

十二日の申の刻ばかりに、死顔うるはしく睡れるを期《ご》として、物打かけ、夜ひそかに長櫃に入て、あき人（商人）の用意のやうにこしらへ、川舟にかきのせ、去来・乙州・丈艸・支考・惟然・正秀・木節・呑舟・寿貞が子次郎兵衛・予ともに十人、苫《とま》もる雫、袖寒き旅ねこそあれ。たびねこそあれどためしなき（例のない）

奇縁をつぶやき、坐禅・称名ひとり〴〵に、年ごろ日比《ひごろ》のたのもしき詞《ことば》、むつまじき教をかたみにして、俳諧の光をうしなひつるに、思ひしのべる人の名のみ慕へる昔語りを今さらにしつ。（中略）此期にあはぬ門人の思《おもひ》いくばくぞや、と鳥にさめ鐘をかぞへて、伏見につく。ふしみより義仲寺にうつして、

とある。遺骸に従った十人の者達は、芭蕉を偲びながら淀川を舟で伏見へ上り、十三日の朝、伏見より義仲寺へ向かった。義仲寺の無名庵に安置し、生前と同様に茶果の設けをした。

「芭蕉翁行状記」（路通）では、

終《つひ》に十二日正念にして静まり給ふ。誠に三十年の風雅難波江の芦のかりねの夢とうせ給ひけむ。やがてとりしたゝめ、むなしきから（骸）を高瀬に乗《のせ》、広からぬ船の中つきそふものはおほけれど心ばせをしとふばかりにて、古郷恩愛のしたしみにはあらず。只此比《このごろ》のつかれに臥て眠りがちなるもあり。折々頭をもたげて、すごく澄る月の色、笘のはづれにけうとく、野寺の鐘の声は嵐につつまれて吹ま

はす風の間に鳴出たるもさすがなり。（中略）さてひつぎは逢坂の関を越し、昼過比《ごろ》は栗津義仲寺にかき入ける。

とある。

路通は、芭蕉と疎遠になっていたが、晩年には許されていた。しかし、他の門人達とはぎくしゃくしたものがあったので、芭蕉の臨終には立ち会っていないが、十七日の法事には出席している。芭蕉の遺骸を舟で運ぶ場面の描写も伝聞によるものであろうが、臨場感があり、芭蕉への真情が窺える。

十四日、子の刻、義仲寺に埋葬。門人焼香者八十名。「まねかざるに馳來《はせく》るもの三百余人」（「枯尾花」）であった。

墓は、門前の少し入った所の、木曽義仲の墓の右に並べて建てられている。卵塔型であり、冬枯の芭蕉が植えられた。

墓石の「芭蕉翁」の字は丈艸《じょうそう》の筆といわれる。

芭蕉の忌日は「時雨忌《しぐれき》」といい、当寺の年中行事で、現在は旧暦の気節に合わせて、毎年十一月の第二土曜日に行われている。（当寺発行の義仲寺案内による）

境内には、芭蕉の次の句が、句碑として建てられている。

行春をあふミの人とおしみける
古池や蛙飛こむ水の音
旅に病で夢は枯野をかけ廻る

〔3〕芭蕉の辞世の句

芭蕉には辞世の句はないとされる。亡くなる四日前の十月八日の深更に、看病していた呑舟を呼んで書き取らせたのが「旅に病で」の句であるが、辞世ではなく「病中吟」という前書を付けている。先述したが、「笈日記」の八日の条を再度見てみる。

みづから申されけるは、はた生死の転変を前にをきながら、ほっ句すべきわざにもあらねど、よのつね此道を心に篭《こめ》て、年もや丶半百（五十歳）に過ぎたれば、い（寝）ねては朝雲暮烟の間をかけり、さめては山水野鳥の声におどろく。是を仏の妄執といましめ給へる、た丶ちは今の身の上におぼえ侍る也。此後はた丶生前の俳諧をわすれむとのみおもふはと、かへすぐ\くやみ申されし也。さばかりの叟《おきな》の辞世は、などなかりけると思ふ人も世にはあるべし。

とある。世人はこれほどまでに俳諧に執着する人物に辞世の句がない筈はないと思うだろうが、実際には辞世の句はなかったと言うのである。

芭蕉には確かに辞世の句はない。路通の「芭蕉翁行状記」には、

またいにしへより辞世を残す事は誰々もある事なれば翁も残し給ふべけれど、平生則辞世也、何事ぞ此節にあらむやとて臨終の折一句なし。

と記されている。「芭蕉翁行状記」は、「元禄七年冬記」、その翌年発行の作品であり、元禄七年は、芭蕉の亡くなった年でもある。「臨終の折一句なし」と言っているが、注目したいのは「平生則辞世也、何事ぞ此節にあらむや」と言ったという芭蕉のことばである。「平生則辞世也」ということばにはどんな思いがこめられているのだろうか。

路通は、芭蕉が「野ざらし紀行」の旅の途中で入門を許した人物である。元禄元年（一六八八）には、芭蕉庵近くに居を構えて芭蕉の食事などの世話をしており、芭蕉も「おくのほそ道」の旅への同行を考えていたとされる。路通は同行はしなかったが、

敦賀では出迎えている。その後不祥事を起こして芭蕉の勘気を蒙ったが、芭蕉の晩年には許されている。芭蕉の臨終の席には立会っていないが、義仲寺の初七日の法要には参列している。臨終の席にも列したかったであろうが、他の門弟の手前もあり遠慮したのであろう。「臨終の折一句なし」というのも、その後の伝聞であろうが「平生則辞世也」ということばは門人として親しく謦咳に接していた頃に聞いていたのかもしれない。路通は他の門人達との間で悶着を起こしたり、芭蕉の勘気を蒙ったりしているが、芭蕉は路通に愛情を持って接していたと思われる。

時代は下るが、「俳諧世説」（闌更《らんこう》編　天明五年）には、

芭蕉翁終焉《いまは》の砌《みぎり》に枕元によりつどひたる人〳〵、辞世の事を、尋ね申せしに、翁完爾《くわんじ》として曰、吾が一生に口ずさみたる事は皆辞世なり。人〳〵はいかに思ひけるや、さらば今更辞世とて外の事いふべくもあらずと答へ申されけるとぞ。誠に蕉門血脈相伝の教訓といふべきもの歟《か》。

と記している。

「俳諧世説」は、加賀国金沢の闌更が、土地の先輩である北枝の遺文や師希因からの伝聞により、芭蕉の逸話や門人らの奇行を書き留めたものである。二、三の例外を除いて比較的信憑性の高い話題に富んでいると言われている。芭蕉の没後八十年ほどの後の作品であるが「口ずさみたる事は皆辞世なり」ということばが信じられ伝えられていたのである。

先に述べたが、芭蕉は亡くなる三日前の十月九日に昨年の夏、落柿舎に滞在中の吟、「大井川浪に塵なし夏の月」について、九月二十七日、園女亭で作った「白菊の目に立てて見る塵もなし」という句と「白菊の塵」に類想があるとして「清瀧や波に散り込青松葉」と改めている。亡くなる三日前の話であるが、句への執着ときびしい態度が見える。

このように芭蕉は絶えざる句への深化に身を削った。もうこれでよいということはなかった。句を作ることは、自分の全存在を集中させることであった。それが芭蕉にとっての「平生則辞世なり」ということであった。しかし、その時点では自分の存在を集中し、すべてを出し切ったとしても、時が経てば、そこにさらなる深化が生まれ、さらなる自己追求の道が生じた。芭蕉にとって辞世の句として発表することは、もうそこで止まることでしかなかった。死に臨んでもその精神は変わらなかったのである。だから、芭蕉は辞世の句としての句を作らなかった。「旅に病で」の句も、辞世の句ではなく「病中吟」として書き取らせている。

芭蕉にとって、句を作ることは、その時々の最大限の自己表現であった。

〔4〕なぜ義仲寺か

(1) 生前の遺言

芭蕉が亡くなったのは、元禄七年(一六九四)十月十二日の申刻(午後四時頃)である。所は、大坂の南九太郎町南御堂(真宗大谷派難波別院)前の花屋仁右衛門方の離れ座敷である。遺骸はその夜、膳所の義仲寺へ葬るために、淀川を舟で伏見へ上り、逢坂山の関を越えた。翌日、十三日の昼過には義仲寺へ到着した。

ところで、芭蕉は故郷の伊賀上野ではなく、なぜ義仲寺に葬られたのであろうか。故郷には、兄半左衛門がいるが芭蕉と不仲だったわけではない。十月十日には遺書を書いている。三通は支考に代筆させているが、兄宛の遺書は、弱った体で自ら認《したた》めている。一方、九月八日、芭蕉が病衰を押して伊賀を出立し、大坂へ向かった時も、兄の半左衛門は「供《ぐ》せられつるもの共に、介抱の事などかへすぐ〱たのみて、背影《うしろかげ》の見ゆるかぎりはゐ給ひぬ」（「芭蕉翁追善之日記」）とあるとおり、二人の関係はお互いに気遣い合う兄弟愛に満ちたものだった。自ら認《したた》めた兄宛の遺書では芭蕉の兄嫁や妹の「およし」にも気遣いを示している。それなのに、義仲寺に葬られたのはなぜか、それは芭蕉の遺言によるとされる。

「枯尾花」（其角）所載の「芭蕉翁終焉記」には次のように記されている。

先頼む椎の木もありと聞えし幻住庵はうき世に遠し。木曽殿と塚をならべて、と有したはぶれも、後のかたり句に成ぬるぞ。

芭蕉は冗談めかして、死後埋葬の地を、元禄三年（一六九〇）、四月から七月末頃まで滞在していた、近江国膳所国分村（現大津市国分町）の国分山上の庵である幻住庵にしてほしいとも考えていたが、幻住庵は世間から大分離れているので、木曽義仲の墓のある義仲寺に、義仲の墓と並べて葬ってほしいと言っていたというのである。

義仲寺は、現大津市馬場一丁目にあり、当時は琵琶湖に面した景勝地であって、朝日

将軍木曽義仲公の御墓所であった。（義仲寺発行の「義仲寺案内」による）

さらに、「芭蕉翁行状記」（路通編）には、次のようにある。

時つもり日移れどもたのもしげなく、翁も今はかゝる時ならんと、あとの事をも書置、日比《ひごろ》とゞこほりある事どもむねはるゝばかり物がたりし偖《さて》から（骸）は木曾塚（義仲寺）に送るべし、爰《ここ》は東西のちまたさゞ波きよき渚《なぎさ》なれば、生前の契《ちぎり》深かりし所也。懐《なつか》しき友達のたづねよらんも便わづらはしからじ。乙州敬して約束たがはじなどうけ負ける。

芭蕉は、死期を悟った時、死後の事を書き取らせたり、気掛りな事を腹蔵なく語ったりした後、遺骸は木曾塚へ送るようにといった。木曾塚とは義仲寺の事で、東からも西からも交通の便がよく、琵琶湖にも近くて渚も清らかである。定宿《じょうやど》とした無名庵もあり、自分と縁の深い所である。だから「から（骸）は木曾塚に」と言ったというのである。

（2）遺言の理由

芭蕉が、義仲寺に葬られるように遺言した理由について、改めて、「枯尾花」（其角）所載の「芭蕉翁終焉記」や「芭蕉翁行状記」（路通編）を踏まえながら、考えてみたい。

第一には、義仲寺の草庵、無名庵が、芭蕉が湖南を訪れた際の定宿的存在になっており、伊賀上野に次いで、第二の故郷のように思っていたのではないかということである。

元禄二年（一六八九）「おくのほそ道」の旅の後、伊勢、伊賀上野、京都を経て十二月末に大津に赴き、膳所で越年し、翌年正月二日まで滞在している。滞在中に「あられせば網代《あじろ》の氷魚《ひを》を煮て出さん」という句を作っている。この句には、「ぜゝ草庵を人〳〵とひけるに」という前書きがついているが、この草庵が義仲寺の無名庵である。この句は「膳所・大津の門人たちに対する挨拶吟」（「芭蕉全句集」角川ソフィア文庫）にもなっている。以後無名庵は定宿となり、湖南滞在中の拠点となった。

元禄三年（一六九〇）正月三日、膳所から伊賀上野に帰郷し、三か月程滞在、三月中旬、再び無名庵を訪れた。

四月六日には国分山の幻住庵に入り、七月二十三日には引き払っている。八月初め無名庵に戻り、その後約二か月間滞在している。三月中旬より九月末日まで六か月余りの膳所滞在となった。

この間、三月中下旬に、珍碩《ちんせき》（酒堂）・曲水を相手に「木《こ》のもとに汁も膾《なます》も桜かな」を立句とする、「花見」の三吟歌仙を興行している。この句は、三月二日、伊賀の風麦亭で八吟四十句の興行をした時の立句であるが、連衆を改めて三吟歌仙として再度試みたものである。この歌仙は「俳諧七部集」の「ひさご」の巻頭を飾っている。

この「木のもとに」の句については、「花見の句のかゝり（花見の句らしい風情）を少し心得て、軽みをしたり」（「三冊子」）と芭蕉も言っており、「軽み」の発揮された句とする。

八月中旬には、之道、珍碩と半歌仙などを巻いたり、八月十五日には無名庵で月見の俳席が持たれた。この頃持病に苦しめられる。

九月末日、無名庵から伊賀上野に帰り、十二月初め京に出た。歳末には大津へ出て越年。元禄四年（一六九一）一月上旬、義仲寺で「木曾塚」を題に句会。その後、伊賀に帰郷。四月に京へ出る。六月二十五日に京都から大津へ赴き、九月二十八日までおおむね無名庵に滞在している。その間、八月十五日には仲秋の観月句会を無名庵で盛大に主催した。参集したのは、乙州《おとくに》・正秀・珍碩（洒堂）・丈草・支考・木節・智月（大津の女流俳人　乙州の姉）・惟然などである。

翌日の八月十六日、十六夜の月を賞するため、湖上に船を浮べて堅田まで出向いている。「望月の残興なをやまず、二三子いさめて（励まして）舟を堅田の浦にはす」と芭蕉は「堅田十六夜之弁」を著してその時の様子を述べている。さらに、芭蕉の句「やすやすと出ていざよふ月の雲」を立句として十九吟歌仙「堅田既望《かただいざよい》」を興行している。十九人の連衆による句会は、盛大というほかない。

九月九日の重陽の節句には「笈日記」（支考）によると、無名庵の芭蕉のところへ、乙州が酒一樽を携えて訪れた。そして、次の句を唱和している。「草の戸や日暮《ひぐれ》てくれし菊の酒　翁」「蜘手《くもで》にのする水桶《みづをけ》の月　乙州」である。

九月二十八日、芭蕉は義仲寺を出て江戸への帰途についた。桃隣《とうりん》（蕉門　芭蕉の血縁者）を同伴した。

次に訪れたのは、三年後の元禄七年（一六九四）で、芭蕉が亡くなった年に当たる。

六月十五日から七月五日まで義仲寺の無名庵を本拠として活動している。

六月十六日は、膳所の曲水宅で夜遊の宴が開かれ、芭蕉・臥高・惟然・支考らと「夏の夜や崩《くづれ》て明《あけ》し冷《ひや》し物」以下の五吟歌仙、六月中旬頃には、曲水宅や遊刀（膳所の能大夫）宅、丹野（大津の能大夫）宅を訪問して、句を詠んだり、俳席を催したりしている。

六月二十一日には、大津の木節《ぼくせつ》宅で、「秋ちかき心の寄《よる》や四畳半」以下の四吟歌仙を興行し、七月五日には、無名庵を出て、京都の桃花坊（地名・北野神社の近辺）の去来宅に移っている。

以上のように、義仲寺の無名庵は芭蕉にとっては活動の拠点であり、なじみの深い、第二の故郷といえる存在になっていた。

事実、芭蕉は、義仲寺の無名庵から出した、元禄三年（一六九〇）九月二十八日付正秀宛書簡に次のように記している。

さま〴〵の御懇志、筆にも言語難盡被存候《げんごにもつくしがたくぞんぜられ》。偏《ひとへに》〳〵貴境（膳所をさす）旧里（故郷の伊賀上野）のごとくに被存《ぞんじられ》候間、立帰り〳〵御やつかひに成可申《なりまうすべく》候。

ただただ、膳所が、故郷の伊賀上野のように思われるので、何度もこちらに帰ってきてお世話になると言うのである。「貴境旧里」には、膳所の滞在先である、無名庵に対する深い愛着が感じられる。

第二には、義仲寺にはその名のとおり、義仲の墓があり、芭蕉には親しい存在になっていたことがあげられる。

義仲を詠んだ句としては、次の句がある。

燧《ひうち》が城

義仲の寝覚の山か月悲し

木曽の情《じやう》雪や生《はえ》ぬく春の草

「義仲の」の句は、「おくのほそ道」の旅の途中、敦賀滞在の一夜、八月十五日は仲秋の名月であったが、あいにくと雨であったため、しかたなく旅の思いを十五句にまとめた、その中の一句である。

この時詠まれた十五句は、「荊口句帖」（大垣藩士宮崎荊口と、その子此筋《しきん》・千川・文鳥を中心とする発句・連句の書留）所載の路通の序文に「芭蕉翁月一夜十五句」として採られている。序文によると、一句は切れていてよく見えず、十四句を記したとある。「芭蕉翁月一夜十五句」には、地名の前書が付された句が多いが、この「義仲の」の句にも「燧が城」の前書がある。「燧が城」は、義仲が築かせた堅固な山城であった。現在は、福井県南条郡南越前町今庄にその遺構が残っている。寿永二年（一一八三）四月、平家に内通するものがあって、義仲の軍が平維盛に破られた古戦場である。句意は、芭蕉も義仲が夜半の寝覚めに振り仰いだであろう山の月を見て、しみじみと哀愁を憶えたというのである。

「木曾の情」の句は、元禄四年（一六九一）の春、「木曾塚」を題とする句会で詠んだもので「芭蕉庵小文庫」（史邦編）の自序の冒頭に出ている。句意は、義仲の剛毅な心情の表われか、春の草が消え残った雪の下から芽吹いているというのである。義仲の心情に思いを寄せた句である。「芭蕉全発句」（山本健吉著　講談社学術文庫）では、「義仲の生き方への共感がこの句には出ている」とする。義仲は平家を都から追い落とし、朝日将軍といわれたが、最後は範頼・義経の軍と戦って敗れ、近江の粟津の泥田の中で射殺された。夢半ばにして散っていった義仲に、芭蕉は哀惜の念と共感を覚えたのであろう。

第三には、江戸などの俳壇に失望を感じていたということがあげられる。珍碩宛の元禄五年（一六九二）二月十八日付書簡に、

此地《このち》（江戸）点取俳諧、家〻町〻に満ち〳〵、点者どもいそがしがる躰《てい》に聞え候。其風躰《そのふうてい》は御察し可被成候《ならるべくそふろう》（その作風はお察しください）。いへば是非のさたに落候《おち》へば（私の意見を言うと批判になるので）萬《よろづ》きかぬふり、みぬふりに而罷有《てまかりあり》候。

（すべて聞かぬふり、見ぬふりをしています）

江戸では点取俳諧が横行して、商業主義に陥っており、意見を言えば、批判になるので、聞かぬふり、見ぬふりをしているというのである。

それに対して、手紙の前半では、膳所で行われた歳旦吟の三つ物（歳旦吟を発句とする、脇句、第三までの連句）について、

返すぐ〳〵感吟不少候《かんぎんすくなからず》。（中略）去来三つ物殊之外《ことのほか》よろしく、貴様・去来二つに而《て》色をあげ候。

と、評価するとともに、去来と珍碩の二つの三つ物で蕉門としての面目を施したと喜んでいる。芭蕉のみでなく「爰元《ここもと》門人いづれも〳〵驚感之旨申候」と江戸の門人達も驚き感じいったと報じている。

膳所の俳人達を芭蕉が高く評価していたことが以上のことから汲み取れる。

さらに、去来宛元禄五年（一六九二）五月七日付書簡では、

「此方（江戸）俳諧の体《てい》、屋敷町・裏屋・背戸屋《せどや》（他の家の裏に建ててある家）・辻番・寺かたまで、点取はやり候。尤《もつとも》点者共の為には悦《よろこび》にて可有御座候《ござあるべく》へ共《ども》、さて〳〵浅ましく成下《なりさが》り候。（略）むつかしき手帳（作りものの俳諧）をこしらへ、磔《はりつけ》・獄門《ごくもん》巻〳〵に云散《いひち》らし、あるは古き姿に手おもく（古風で重苦しく）句作一圓《いちえん》きかれぬ事にて御座候。（句の仕立方が一向に理解できない）

と、江戸での点取俳諧の流行を嘆いている。
一方、元禄六年（一六九三）刊の荷兮《かけい》編の「曠野後集《あらのこうしゆう》」では、巻頭に幽斎から宗因までの十二名の古人の句を掲げ、

今はむかし、是等《これら》の人〳〵の句を思ひはかるに、唯《ただ》みること聞《きく》ことにいちじるく、詞は、いひ出《いづ》るまゝを、はじめの姿になして、あやどるさま（飾りたてる）見えず。をのづから景と情とそなはりて、又外に優を得たり。（略）ただいにしへをこそこひしたはるれ。

と、自ら自序で述べている。荷兮は元来貞門の俳人として頭角をあらわし談林俳諧に参加したと言われる。貞享元年（一六八四）の冬、「野ざらし紀行」の旅の途中の芭蕉を迎えて「尾張五歌仙」を興行し、それを編んで芭蕉七部集の第一の「冬の日」として上梓している。尾張蕉門の中心的存在であったが、後には芭蕉から離れていった人物である。俳諧観としては復古趣味的で後退的である。元禄七年（一六九四）八月十五日自序の、月の句ばかり集めた「ひるねの種」は、長頭丸《ちやうづ》（松永貞徳）の句が冒

頭にあり、その句より命名された書名である。芭蕉の句は、その次に出ている。どちらかといえば反蕉風の句が多い。

「曠野後集」といい、「ひるねの種」といい、どちらも芭蕉存命中の発刊であり、芭蕉の目にも触れたことを考えれば、意図的であったのであろう。いわば、芭蕉を批判したともいえる撰集ではなかったか。

さらに、杉風が膳所滞在中の芭蕉に江戸の様子を伝えた、元禄七年（一六九四）六月二十八日付書簡の追而書《おってがき》に、

利牛《りぎゅう》（蕉門　江戸駿河町越後屋両替店の手代　元禄六年頃　深川芭蕉庵に出入りして指導を受ける）申候は此集（「別座敷」）嵐雪付紙《つけがみ》（ふしんがみ）仕《つかまつ》り、廿《にじゅう》所程《ほど》の指合《さしあい》（俳諧で規則上避けるべき関係）御座候とて人に見せ申候由《よし》承候。

と、嵐雪が、元禄七年（一六九四）五月、上方へ向かう芭蕉の送別会を催した際の作品をまとめた「別座敷」（俳諧撰集　子珊編　元禄七年　五月八日奥）を批判したということを、報告している。「別座敷」は、「かるみ」の風が発揮され、上方の蕉門のみ

ならず他門にも評判を呼んでいた作品である。それを嵐雪が「指合」で問題があるとして、廿箇所程指摘し批判したのである。

芭蕉と一部の門弟達及びその周辺で、不協和音が奏でられ始めていた。

さらに、芭蕉は自分の故郷である伊賀の蕉門が自分の目差す「かるみ」に移れないことを不満に思っていた。

元禄七年（一六九四）八月九日付去来宛書簡で次のように言っている。

爰元《ここもと》（伊賀上野のこと）度《たび》〳〵會《くわい》御座候へ共《ども》、いまだかるみに移り兼《かね》、しぶしぶの俳諧（順調に展開しない句会）、散〻《さんざん》の句のみ出候而致迷惑候《いでてめいわくいたし》。

こちらの伊賀上野でたびたび句会があるが、「かるみ」を理解していないので、連句がうまく繋がらず、どうしようもない句ばかりで迷惑しているというのである。ここには、伊賀蕉門に対する失望が見られる。

第四には、芭蕉は、俳諧活動の拠点を近江、特に湖南に移そうと考えていたのではないかということである。その意識が、義仲寺へ葬るようにということばとなったのであろう。

芭蕉は常に俳諧の向上を目差し、そこに留まることがなかった。しかし、新しい考え方に付いていけない門人達は離反を余儀なくされた。

ここで、芭蕉に期待を持たせたのは、近江の俳人達であった。

元禄七年（一六九四）二月二十五日付森川許六宛書簡では諸家の俳人達の歳旦吟に批評を加えているが、膳所の正秀、許六や彦根の蕉門の俳人達の歳旦吟には好意的である。

膳所《ぜぜ》正秀《まさひで》が三つ物（発句・脇・第三句までの連句。通常三組作る）三組こそ、跡先《あとさき》見ずに乗放《のりはなち》たれ（思った通りを大胆に表現している）。世の評詞《ひやうし》にかゝはらぬ志あらはれておかしく候（世間の評判にこだわらない意志があらわれて興味深く思われる）。彦根五つ物、いきほひのっとり（許六を中心とする彦根の俳人達の五組の歳旦の三つ物が熱がこもっており）、世上の人をふみつぶすべき勇躰《ゆうてい》、あっぱれ風雅の武士の手業《てわざ》なるべし。

と、膳所、彦根の三つ物を評価している。

彦根の俳人達には、武士が多いが、特に許六（一六五六―一七一五）は、彦根藩士で芭蕉の晩年の門弟である。芭蕉は元禄六年（一六九三）末、江戸滞在中の許六が参勤交代で彦根に帰るに際し、餞として「許六離別の詞」（柴門ノ辞）をおくっている。

画はとつて予が師とし、風雅はをしへて予が弟子となす。されども、師が画は精神微に入《いり》、筆端妙をふるふ。其の幽遠なる所、予が見る所にあらず。予が風雅は夏炉冬扇のごとし。衆にさかひて用る所なし。

と評している。

森川許六の絵は現在も残されている。「芭蕉行脚図」（天理大学附属図書館蔵）がそれである。「おくのほそ道」を旅する、笠を手に杖をつく芭蕉と、その芭蕉に従う曽良の姿を写実的に描いている。元禄六年（一六九三）の作品で、芭蕉生前のものである。

芭蕉はいよいよの別れにあたって、五月六日頃に、「許六《きよりく》を送る詞」（「韻塞」）を、色紙、短冊、絵賛の類などとともに、二郎兵衛に託して許六のもとに届けている。そ

の発句は、

椎《しひ》の花の心にも似よ木曽の旅
うき人の旅にも習へ木曽の蠅《はへ》

である。風雅のわびに徹するとともに厳しい旅に身を置くようにと諭している。許六は、芭蕉にとって信頼するに足る人物であり、心を寄せられる人物であった。

さらに、近江膳所藩の重臣で、江戸在府中に其角の紹介で芭蕉に入門した菅沼曲水（外記定常）がいた。芭蕉は元禄五年（一六九二）二月十八日付曲水宛の書簡の中で、世間の俳諧者を三段階に分けて論じているが、曲水を、

はるかに定家《ていか》の骨《こつ》をさぐり、西行の筋《すぢ》をたどり、楽天が腸《はらわた》をあらひ、杜《と》子（杜甫のこと）が方寸《ほうすん》（精神）に入《いる》やから（輩）、わづかに都《と》鄙《ひ》（都と田舎、全国）かぞへて十ヲの指《ゆび》ふさず（十人とはいない）。君も則此《すなはちこの》十ヲの指たるべし。能《よく》〳〵《よく》御つゝしみ御修行御尤奉存《ごもっともにぞんじたてまつり》候。

と、白楽天や杜甫の、心や精神に分け入ろうとするものとして高く評価している。
曲水は「ひさご」（珍碩編　元禄三年刊　「俳諧七部集」の第四集）の有力メンバーで許六と同様芭蕉の信頼の篤い武士であった。享保二年（一七一七）、同輩の家老の不正を責めて斬殺し、自刃した。正義感の強い真摯な人物であり、伴蒿蹊《ばんこうけい》の「近世畸人《きじん》伝」にも紹介されている。人間性の面においても芭蕉と相通ずるものがあったのであろう。

芭蕉はこの曲水に借金の依頼をしている。元禄六年（一六九三）二月八日付の書簡には、

> 不悟之《ふごの》御無心申《まうす》事出来致《しゆったいいたし》候（思いがけないお願い事が生じました）。其元御遣金《そこもとおつかひがね》御用ノ餘《あまり》御座《ごさ》候はゞ（お手もとのお金に出費の余りがありましたら）、壱両弐分御取替被成被下《とりかへなされくだされ》候はゞ（一両二分お貸しいただければ）、可忝《かたじけなかるべく》候。必返進之合点《がてん》に御座候（必ずお返しするつもりです）。少々難去《さりがたき》内證のすくひ之事出来候故《ゆゑ》（やむをえない身内の救いごとが生じましたので）、江戸むきのものには無心

難中事故《まうしがたきことゆゑ》（江戸に住んでいるものには無心できかねますので）御心底不看《みず》如此《かくのごとくに》御座候（あなたのお考えも伺わずこのようにお願いするのです）。

とある。

当時、曲水は江戸滞在中であった。金額は壱両二分である。この金額を、現在の金額に換算することは、なかなか難しいが、日本銀行金融研究所貨幣博物館のホームページによると、武家下女奉公人で一年で二～三両、町方奉公人、一年、男性二両、女性一両とあるから、壱両二分は、相当の高額になる。理由の「少々難去内證のすくひ之事」とは、当時、芭蕉の養子の桃印が、芭蕉庵で労咳（肺結核）のため臥せっており、その治療費のためと考えられている。

桃印は多分俳号であろうが、本名はわかっていない。芭蕉の甥ではないかと言われている。しかし誰の血筋の子供か、わかっていない。またその事跡も不明である。延宝四年（一六七六）、桃印が十六歳の時、伊賀上野から連れてきている。しかし、桃印は労咳を病み、元禄六年（一六九三）三月末、芭蕉庵で亡くなっている。三月二十日頃の許六宛書簡には、手前《てまえ》病人（桃印のこと）先月廿日比《ごろ》より次第〳〵に重病、此《この》五六日しきりになやみ候而《て》、既十死之躰《すでにじっしのてい》に相《あひ》見え候。（ほとんど生きる見込みがないこと）（略）然共《しかれども》癆性《らうしよう》之事（肺結核）に候間、急には事終申《をはりまうす》まじく候か。旧里《きゆうり》（伊賀上野）を出て十年餘、二十年に及び候て（故郷を出て十年余り、もうすぐ二十年になりますが）老母に二度《ふたたび》對面せず、五六才にて父に別《わかれ》候而《て》、其後は拙者介放（抱）にて三十三に成《なり》候。此不便《このふびん》はかなき事共《ども》おもひ捨がたく、胸をいたましめ罷有《まかりあり》候。

と記している。

桃印は、故郷の伊賀上野を出てから二十年になるが、母には一度も会っていないこと、父とは五、六歳で死別していること、三十三歳になっていること、その間、芭蕉が面倒を見ていたことがわかる。どうして芭蕉の養子になったのかわからないが、肺結核で病床に臥している桃印への愛情の深さはよくわかる。

また、大垣藩士である宮崎荊口宛四月二十九日付書簡で近況を報じているが、拙者、当春、猶子《いうし》（養子）桃印と申もの、三十餘迄《まで》苦労に致《いたし》候而《て》病死致《いたし》、此《この》病中神魂（心・精神）をなやませ死後断腸之思難止《おもひやみがたく》候而《て》、精情（心）草臥《くたびれ》、花の盛《さかり》、春の行衛《ゆくへ》も夢のやうにて暮《くらし》、句も不申出《もうしいでず》候。

とある。

桃印を亡くし、句も作れないほど悲嘆にくれたというのである。桃印は芭蕉にとっては最愛の子どもであった。しかし、結核は不治の病と恐れられ、治療費も高額にわたったのであろう。

しかし、どうして「江戸むきのものには無心難申事」であったのだろう。江戸には生涯にわたって芭蕉を経済的に支えた、魚商を営む大商人の杉風がいる。杉風なら気安く用立てたのではなかろうか。なのに、杉風でなく膳所から出府してきている曲水であったのか。杉風にはこれまでもいろいろと援助してもらっているので、遠慮があったとも考えられるが、一両二分は大金とはいえ、杉風にとっては、それほどの負担とは考えにくい。曲水に頼ったのは、失望を感じていた江戸の俳壇を去りたいと考えていたからではなかろうか。そのため、江戸の人々には借りを作りたくなかったのである。

芭蕉が、寿貞尼の子二郎兵衛を伴い、最後の旅に出発し、西へ向かったのは、元禄七年（一八九四）五月である。桃印の一周忌を終えて出発しようとしたのではなかろうか。すでに一月二十日頃の、伊賀の猿雖宛書簡では、

早《さう》〳〵東麓庵《とうろくあん》（芭蕉が命名した猿雖宅の草庵）の櫻の比《ころ》はと、漸々旅心もうかれ初《そめ》候。され共いまだしかと心もさだまらず候へ共、都の空も何となくなつかしく候間、しばしのほど成共上《なりとものぼ》り候而《て》、可懸御目《おめにかかるべく》と存《ぞんじ》候。

と、春中には西上したい旨を述べている。

芭蕉は西上の旅の最後に、落着くところとして膳所の義仲寺を考えていたのではなかろうか。信頼し、心の通じ合う、許六や曲水達とともに、義仲寺を「かるみ」を中心とした俳諧活動の拠点としようとしたのではないか。

それゆえ、江戸滞在中の膳所藩の曲水に借財を依頼したのであろう。

芭蕉は五月十一日に二郎兵衛を伴い江戸を発ったが、二十八日、伊賀上野に到着、

その後、閏五月十六日、伊賀上野を発ち、十八日に膳所に移り、曲水亭に四泊している。さらに、六月十六日には曲水亭で夜遊の宴を催し、曲水（典翠）、臥高・惟然・支考達と五吟歌仙を巻いている。

芭蕉の曲水への接近が見てとれる。

もともと、近江国には蕉門が浸透していた。山本唯一「京近江の蕉門たち」（和泉選書56）によると、第一次として、貞享二年（一六八五）春の、芭蕉の「野ざらし紀行」の途次、尚白・千那・青亞が入門している。第二次として、元禄二年（一六八九）から元禄四年（一六九一）にかけて、芭蕉が上方に滞在の間、膳所の珍碩・正秀・曲翠（水）・大津の智月・乙州らが、尚白の門をくぐって蕉風に接近し、「ひさご」「猿蓑」の新風成立に貢献していた。第三次として、彦根の許六が元禄五年（一六九二）蕉門に入門、「かるみ」の教えを受け、帰郷後、李由の彦根蕉門が形成されたとする。

以上のような素地があって、芭蕉は近江、特に膳所を新しい拠点として念頭に置いたのであろう。

元禄七年（一六九四）の最後の西上の旅では、閏五月十七日、大津の乙州亭に一泊。同五月十八日、膳所に移り、曲水亭に四泊、同二十二日、膳所を出て洛西嵯峨の落柿舎に入る。六月十五日京より膳所に戻り、七月五日まで義仲寺の無名庵を本拠とする。六月十六日、曲水亭で夜遊の宴、同二十一日、大津の木節亭（大津の医者）で歌仙を巻く。同中旬、膳所の能大夫游刀亭、大津の能大夫本間丹野亭などに遊ぶ。七月上旬、大津の木節亭に遊ぶ。同五日、無名庵を出て、京都桃花坊の去来亭に移り十日過ぎまで滞在。中旬に伊賀上野に帰郷。盆会を営み、八月十五日には、実家の裏庭で月見の会を主催。九月八日には、病気で衰えた体ではあったが、兄達に見送られて大坂へ出発した。そして、その大坂で病の床に臥して十月十二日に亡くなった。

以上のように、最後の旅では、京都や近江、特に膳所を中心に精力的に「かるみ」の俳諧の普及指導に努めた。

六月八日、江戸の猪兵衛より寿貞尼死去の報があったが、芭蕉は帰らずに二郎兵衛を帰しただけであった。寿貞尼は芭蕉の内縁の妻と言われている。そういった人物の死よりも近江での俳諧の指導普及を優先させたのである。芭蕉の並々ならぬ覚悟が思われる。

芭蕉は西国への旅の後は、膳所の義仲寺に落着くつもりだったのではなかろうか。そうした思いが「からは木曾塚に送るべし」と言わせたのではないか。

〔5〕深川転居

(1) 深川転居までの芭蕉

芭蕉は、寛文十二年(一六七二)二十九歳の春に江戸へ下った。江戸へ下った当初の住所は不明である。しかし、俳諧師として自立していく目処が立った、延宝五年(一六七七)頃には、小田原町の小沢太郎兵衛(大船町の名主 俳号卜尺)の貸家に移ったとされる。延宝六年(一六七八)には、歳旦帳を上梓したらしいと伝える。「校本芭蕉全集第九巻」(角川書店)の芭蕉年譜によると、採茶庵梅人《さいたあんばいじん》著「桃青伝」に「延宝六午年桃青歳旦帳手前所持」と伝えるとある。歳旦帳は宗匠として一門の結束と隆盛を誇るものである。芭蕉は、延宝五、六年頃には宗匠として立机していたのであろう。年齢でいえば、三十四、五歳の頃で、江戸へ下ってから、五、六年後のことである。

延宝六年（一六七八）十月には、他門の人に頼まれて「十六番発句合」に判詞を加えている。跋に「坐興庵桃青」と署名し、「素宣」の印を用いている。この頃、すでに宗匠として世間に認められていたのであろう。

延宝八年（一六八〇）四月には「桃青門弟独吟二十歌仙」を刊行した。杉風・卜尺・嵐蘭・嵐亭（嵐雪）・螺舎（其角）ら二十人の独吟歌仙を収め、追加として舘子が加えられている。新興蕉門が一致団結してその意義を世に問うたものであった。

しかし、そんな芭蕉が、突然、その冬、江戸の中心地である日本橋の小田原町から、当時としては辺鄙な深川へ居を移したのである。深川は埋立地であり水が飲めず、飲み水は買わなければならないような不便なところである。どうして、こんな所へ居を移したのであろうか。そのことを考えるにあたって、今一度江戸へ下ってからの芭蕉の動静を見てみたい。

先述したように、芭蕉は寛文十二年（一六七二）二十九歳の春、江戸へ下った。江戸へ下るにあたって、自ら三十番俳諧発句合「貝おほひ」を撰し、伊賀上野の菅原天満宮に奉納した。奉納したのは江戸での俳諧師としての自らの将来の成功を文運の神である天満宮に祈願するためであったろう。二十三歳の時、仕えていた藤堂主計《かずえ》良忠

（俳号蟬吟）が、二十五歳で没した後、進むべき道を模索していた芭蕉は、俳諧師として生きる道を決意したのである。

ちなみに、芭蕉は江戸へ下る時、この「貝おほひ」の原稿を携えており、出版は江戸で行った。しかし、文献に「貝おほひ」に言及するものは皆無といわれており、江戸の人々は期待に応えてくれなかった。

当時の江戸の俳壇は、貞門系から大坂の宗因などの刺激を受けて談林化へと動いていた。江戸の俳壇に談林の潮流が渦巻こうとしている時に、芭蕉は江戸へ下ったのである。

ところで「貝おほひ」は、作者は三十七名。内七名は当時の俳書に見える伊賀上野の人であるが他は無名の人達である。三十七人の六十句を左右に分けて三十番の句合わせに仕立てたものである。芭蕉自身の句も「きても見よ甚べが羽織花ごろも」「女《め》をと鹿や毛に毛がそろふて毛むつかし」の二句が、「宗房」の名で掲出されている。「寛文拾二年正月二十五日伊賀上野松尾氏宗房釣月軒にしてみづから序す」とある。寛文拾二年（一六七二）は道真の七百七十年忌であり、二十五日は、月命日、天満宮の例祭日でもある。

芭蕉はそれぞれの合わせた句について優劣を定め判詞を書いている。判詞は当時世間に流行していた歌謡や俗謡、その他の流行語を取り入れた、遊戯的なものである。乾裕幸氏は「初期俳諧の展開」（桜楓社）で、「貝おほひの判詞そのものが新たなる表現の具と化している」「評語の担う批評的有効性を二の次とした旺盛な創作精神の所産」とされる。例をあげると、

貝おほひ　三十番俳諧合　松尾宗房撰

一番

左　勝

にほひある声や伽羅《きやら》ぶしうたひ初　三木

右

春の歌やふとく出《で》申すうたひそめ　義正

左の句は匂《にほ》ひも高き伽羅ぶしのうどんげよりも、めづらかに覚侍《おぼえはべ》る。右も又春

の歌は、ふとく大きにと云より、誠に大音《だいおん》の程もしられ侍れ共一声《いちこゑ》二ふしともいへば、猶匂ひある声に心ときめき侍りて、仍《よつて》左を為《かちと》レ勝《なす》。

当時の世俗の流行や事情に通じていなければ理解しにくい難解な判詞である。

ところで、延宝三年（一六七五）芭蕉、三十二歳の五月に、当時江戸へ下っていた西山宗因を歓迎して「いと涼しき大徳也けり法の水　宗因」を立句に、百韻が大徳院磯《しよう》画亭（江戸本所　今墨田区）で興行された。芭蕉は、桃青の号で出席した。これが文献上に見える桃青号の最初であるとされる。この興行に一座することによって、芭蕉は宗因と親炙の機会を得たと考えられる。この時の連衆は、宗因・磯画・幽山・桃青・信章（素堂）・木也・吟市・少才・似春・又吟である。

これらの人物を通して芭蕉は俳壇での人脈を深めていったと考えられる。特に、幽山は貞門俳人松江重頼の門弟で、芭蕉は一時期この幽山の執筆《しゆひつ》（記録係）をつとめていたといわれる（白亥編『俳諧真すみの鏡』安政六年）。また信章（素堂）は、生涯の友となった人物であり、芭蕉にとって重要な存在となった。

また、当時、文人として著名な大名、奥州岩城平藩主内藤義泰（俳号風虎）の藩邸にも出入りしていたと言われる。江戸溜池葵橋の邸宅は、有力文人の出入りも多く、芭蕉もその間に交じって人脈を広げ、後の俳壇活動に大いに資するものがあった。
延宝四年（一六七六）三十三歳の三月に、信章（素堂）との両吟で、天満宮奉納二百韻を興行しているが、これを「江戸両吟集」と題して、上梓している。

其一

此梅に牛も初音と啼つべし　桃青
ましてや蛙《かはづ》人間の作　信章
春雨のかるうしやれたる世の中に　〻
酢味噌まじりの野邊の下萠《したもえ》　青
（略）

「此梅に」には、西山宗因の「梅翁」という号をふくませている。初音のつもりで、鶯だけでなく、牛までも鳴くというのであるが、天満宮への奉納の二百韻なので、縁の深い牛を持ってきている。

「ましてや」の句は、牛に対してましてや蛙は、蛙に対してさらに人間は、見事な句を作るというので、発句の作者桃青（芭蕉）を誉めているのである。蛙が歌を詠むことは、謡曲・白楽天に「花に鳴く鶯水に住める蛙まで、唐土はしらず日本には歌をよみ候ぞ」とある。

「春雨の」の句は、前句の蛙から春雨を連想して、「かるう」に春雨が軽く降ると、軽くおしゃれな世の中の意を言いかけている。

「酢味噌まじり」の句は、下萌の草が泥にまみれたのを「酢味噌まじり」としゃれたものであるが「昔見し妹が垣根はあれにけりつばなまじりのすみれのみして」（夫木和歌抄）という歌を捩っている。

其二

梅の風俳諧國にさかむなり　信章
　こちとうづれも此時の春　桃青
さやりんず霞のきぬの袖はえて　青
けんやくしらぬ心のどけき　章

（略）

「梅の風」の句は、梅翁と号した西山宗因の俳諧が全国的に盛んになっているといっているのである。全国的に流行している宗因流の俳諧に祝意を述べた発句である。

「こちとうづれも」の句は、我々の仲間も今流行している宗因流に加わろうというのである。「こちとうづれも」の「こち」には、天満宮に祭られている菅原道真の和歌「東風吹かばにほひおこせよ梅の花主なしとて春を忘るな」（拾遺集巻十六雑春）の「東《こ》風《ち》」を掛けている。

「さやりんず」の句は「紗綾綸子」という贅沢な着物の霞模様の袖をひき連らねて、「此時の春」とばかりに出掛けたというのである。

「けんやくしらぬ」の句は、紗綾綸子のような倹約令に反する贅沢なものを着てのどかな春を満喫しているというのである。

それぞれに、宗因の主導した談林風への傾倒ぶりが顕著に示されている。

芭蕉は、延宝四年（一六七六）の夏、江戸へ出てきて以来初めて故郷の伊賀上野へ帰郷している。これは伊賀上野を治めていた藤堂藩の定めで、他国へ出ていた町人は五年目には故郷へ戻り、郡奉行所へ顔を見せなければならなかったとされる。芭蕉もそれに該当したのだろう。

芭蕉は、七月二日まで伊賀上野に滞在したが、江戸へ戻る際、甥と目されている桃印、当時十六歳を引き取り、義父として養育することになる。俳諧師として自立する目処が立ったからだと言われる。

延宝五年（一六七七）三十四歳の時、内藤風虎主催、釈任口・維舟（重頼）・季吟判の「六百番俳諧発句合」（同年冬成る）に参加した。この句合は建久四年（一一九三）秋、藤原良経邸で行われた「六百番歌合」になぞらえた大規模な句合である。全国の作者六十人を左右に分け、各自が春・夏・秋・冬の句を五句ずつ、計二十句（全体では千二百句）を出して勝負を争うものである。判者は春が釈任口、夏と冬が季吟、秋が維舟（重頼）である。桃青（芭蕉）は右方である。右方には山口信章（素堂）もいる。芭蕉の勝負の結果は、勝九、負五、持（引き分け）六である。例をあげてみる。

五百二番

左　十夜法事　武野　保俊

両の手をあはせて十夜の念仏哉
右勝　霜　　松尾　桃青
霜を着て風を敷寝の捨子哉

左、両の手をあはせて十夜とは、ゆびの数などよりおもひよれるにや聊《いささか》いひたらぬところあるに似たり、右のすて子あはれにかなしかちとすべし。

判は季吟である。それぞれの句の前に季題を置いて詠んでいる。「十夜《じふや》」とは現代でも行われており「陰暦十月五日の夜半から十五日の朝までの十昼夜行った浄土宗の念仏法要」のことである。（角川俳句大歳時記　冬）

桃青（芭蕉）の句の「捨子」については、後の「野ざらし紀行」にも「猿を聞人捨子に秋の風いかに」という句を詠んでいる。芭蕉は捨子に関心が高かったのであろうか。

ところで、芭蕉の江戸へ下ってきた頃の居所であるが、いろんな説があるが、共通しているのは日本橋近隣の土地ということである。江戸時代後期の風俗などを考証し

た「嬉遊笑覧」で有名な喜多村信節（一七八三―一八五六）の「筠庭雑録」に

桃青江戸に来たりて本船町《ほんふなちょう》の名主小沢太郎兵衛得入（略）が許に居れり。日記などかかせたるが多く有しと也。其頃の事にても有か。水道普請にかゝれる事見へたり。そのかみ、神田、玉川両水道ともに、町年寄支配なれば彼がさやうの事巧者なりしかば試みに差図をはからせしなるべし。

とある。

延宝五年前後、芭蕉は小沢太郎兵衛（日本橋の大船町の名主・俳号卜尺）の借屋に住居を定めていたらしい。しかも、副業として上水工事の書記役に携わっていたことがわかる。

同じく「筠庭雑録」の、役所日記延宝八年庚申歳六月町々への触れ書に

明後十三日神田上水道水上《みなかみ》惣払有之候間、致相対候町々は桃青方へ急度可申渡候。桃青相対無之町々、月行事、明十二日早天に杭木かけや上水へ致持参、丁場

請取可申候。

とあるとある。

また許六撰「本朝文選」の作者列伝に、

芭蕉翁（略）武ノ小石川ノ水道ヲ修メ、四年ニ成ル（原漢文）。

とある。この職は名主の小沢太郎兵衛が斡旋したと言われている。（「芭蕉翁伝」梨一）俳諧師としての収入だけでは生計が成り立たなかったのかもしれない。

先述したようにこの年初めて歳旦帳を出したと伝える。

歳旦帳は、宗匠が正月の吉日を選んで門人らと歳旦の句を披露する、歳旦開き当日の句帳をいうとされる。歳旦三つ物（宗匠が高弟知友ら三人で巻く、発句・脇句・第三句。通常発句作者を交替し、三組作る）と歳旦引付《ひきつけ》（歳旦三つ物のあとに載せる一門・知友の歳旦三つ物や歳旦・歳暮の発句をいう）を収めるが、前年中に編まれた。歳旦帳を出すということは、芭蕉も世間から宗匠として認められていたことを意味する。

延宝六年（一六七八）春には昨年冬から江戸に滞在していた京の信徳（京の俳人、延宝期に芭蕉と交流、蕉風発展に寄与）・信章（素堂）との「さぞな都」の三吟百韻と「物の名も」の三吟百韻とを興行した。前年の冬、興行した、信徳・信章・桃青の「あら何共なや」の三吟百韻と合わせて、信徳が帰京後、「江戸三吟」として三月に京都で板行した。

この江戸三吟三百韻に前々年の延宝四年（一六七六）に上梓した信章（素堂）との「江戸両吟集」の奉納貳百韻を付録して同じく延宝六年（一六七八）「桃青三百韻附両吟二百韻」を板行した。綿屋文庫蔵本で見てみると「あら何共なや」の発句・脇句・第三句は、

あら何共なやきのふは過て河豚《フクト》汁　桃青
寒さしさつて足の先迄　信章
居あひぬき霰の玉やみだすらん　京信徳

である。

「あら何共なや」の句は、あたるかもしれないといわれる「河豚汁」（ふぐの肉を実に入れたみそ汁）を昨日飲んだがなんともなかったという句意である。「あら何共なや」は謡曲・芦苅の「あら何ともなや候（略）。昨日と過ぎ今日と暮れ明日又かくこそ荒磯海の」を捩ったものとされる。

「寒さしさつて」の句は、寒さが足の先まで引き下がったというのである。「しさつて」は「退つて」で「あとへひきさがる」ことをいう。

「居あひぬき」の句は、前句を居合抜の格好と見做し、居合抜によって霰の玉が乱れ散るだろうと言うのである。これも、謡曲・歌占の「時ならぬ霰玉散る足踏はとう〳〵と手の舞笏拍子」をふまえているとされる。

次に同じく「さぞな都」の句を見てみたい。

さぞな都浄瑠璃小哥《うた》はこゝの花　信章
霞と共に道外《どうけ》（化）人形　信徳
青いつら笑山より春見えて　桃青

「さぞな都」の句では、さぞかしすばらしい都の風流に比べるといやしい浄瑠璃小歌がここ江戸でのせめてもの花すなわち風流ですと少し卑下している。信章（素堂）よりの西下してきた信徳・桃青（芭蕉）二人への挨拶の発句である。この句も謡曲・田村「さぞな名にしおふ花の都の春の空」をふまえているとされる。

脇句の「霞と共に」は、霞と共に道化人形のような私がこの江戸へやってきましたというのであろう。この句は有名な能因法師の「都をば霞とともにたちしかど秋風ぞ吹く白河の関」（後拾遺集・羇旅）という和歌をふまえていることはすぐにわかる。

「青いつら」の句は、前句の「道化人形」から来ている。道化人形に野呂間人形というのがあり、人形浄瑠璃の間《あい》狂言（各段・演目の間に演じられる滑稽な寸劇）で用いられた、頭が平たく顔が青黒く、奇怪な面相の人形である。現在は、新潟県の佐渡に伝承されているという。この野呂間人形の青黒い顔を連想して「青いつら（面）」と言ったのであろう。「青いつら」をしたおかしな輩が西からやって来たので山が笑って木々が芽生え、春の気配が見られるようになったと言うのである。

「物の名も」の句も見てみよう。

物の名も蛸《たこ》や故郷のいかのぼり　信徳
あふのく空は百余里の春　桃青
嶺に雪かねの草鞋《ハランチ》解そめて　信章

発句の「物の名も」の「蛸」は「凧」のことである。物の名前も所によって変わるといわれるが、故郷の京都の「いかのぼり」も江戸で「凧」といわれるというのである。「あふのく」は「仰のく」で「あおむく」ことである。上を向いて見る空は、京都とは百里も離れている江戸の春の空であるよというのである。「あふのく」は前句の「いかのぼり」の移りである。

「嶺に雪」の句は、嶺の雪がとけはじめて丈夫な草鞋の紐も解けはじめたというのである。「かねの草鞋」とは金属のわらじということで丈夫なわらじのことを言う。

以上の句は、江戸談林派のような難解で突飛な句と違い、無理な語彙の連続もない。リズムも軽快で才気あふれるユーモアが展開されている。

同じく延宝六年（一六七八）七月、神田蝶々子亭（俳諧師、紀井和歌山生、江戸に下り草創期の江戸俳壇で活躍）に招かれ、「実《げに》や月」の四吟歌仙を興行。連衆は、桃青（芭蕉）・卜尺・二葉子（蝶々子の子息）・紀子《きし》（大和国多武峰西院の僧）である。「江戸通り町」にまとめられているが、この作品の自跋末尾に「于時延宝六年七月下旬松花軒二葉子十二歳撰」と記されている。この記述が事実なら三十五歳の桃青（芭蕉）が、十二歳の少年と一座したことになる。

この「江戸通り町」に収められている歌仙は次のようなものである。

実《げに》や月間口千金の通り町《ちやう》　桃青
爰《ここ》に数ならぬ看板の露　二葉子
新蕎麦や三嶋がくれに田鶴《たづ》鳴て　卜尺
（略）

「実や月」の句の「間口千金」とは、一間《いっけん》の間口が千金もするという地価の高い所という意味である。「通り町」は、江戸の日本橋を南北に通じる大通りで最も繁昌した通り。句意は最も繁華な通りに一刻千金ともいうべき美しい月が出ているというのである。「春宵一刻価千金」（蘇軾・春夜詩）を秋の月に捩った句である。

「爰に」の句の「数ならぬ」は桃青の発句に対し自らを卑下した挨拶である。謡曲・源氏供養「こゝに数ならぬ紫式部、頼をかけて石山寺」によっているとされる。句意は通り町ならぬ取るに足りない通りの看板に露が置いているというのである。

「新蕎麦や」の句は、前句を受けてその「看板」を蕎麦屋の看板とみている。さらに、「数ならぬ」から、源氏物語・澪標の「数ならぬ三嶋がくれになく鶴をけふもいかにと問ふ人ぞなき」という和歌を連想している。この和歌は明石上が光源氏に送ったものである。幼い明石姫君を光源氏が訪ねてこないのを明石上が嘆じたもので、その和歌を取り込んだ句である。「三嶋がくれ」の「三嶋」は「三（身《み》）」を引き出すための語で自分に隠れて鳴く鶴、つまり姫君の意だが、この句では「三嶋」という嶋に隠れている鶴という実景として詠んでいる。三嶋に隠れている鶴の声を聞きながら新蕎麦を食しているというのである。

源氏物語の澪標の和歌をうまく取り込んだ句で知的で機知に富んだものとなっている。

「江戸通り町」には、桃青（芭蕉）の発句は全部で五句採られているが、よく知られている「かびたんもつくばはせけり君が春」という句もこの撰集にある。

この「江戸通り町」以外に、延宝六年江戸で刊行された主要俳書には、相当数の桃青（芭蕉）の句が収録されている。

八月上旬刊、言水撰「江戸新道」に三句入集。

秋、岡村不卜撰「俳諧江戸広小路」（延宝六年自序）に発句十七、付句二十入集。

同じく秋、松島行脚から帰途の京の青木春澄を迎え、「塩にしても」の三吟歌仙を興行。

十月に他から頼まれて「十八番発句合」に判詞を加えている。「前後十八番の句合、やつがれ馬頭《うまのかみ》になりて、物定《ものさだめ》の博士（判者）にさゝれ侍る。（略）かみ・中・下の品をわかち侍るを、たまくにも、うなづく人あれかしとこそ」という跋文の後に「坐興庵桃青」と署名し、「素宣」の印が押してある。

冬、京から伊藤信徳が再び望月千春《ちはる》（京都住、たびたび江戸を訪問し、東西交流に貢献）同道で東下、「わすれ草」の三吟歌仙を興行した。桃青（芭蕉）の発句は「わすれ草煎菜《いりな》につまん年の暮」である。

京俳人との支流が盛んに行われていたことがわかる。

この延宝六年（一六七八）は、作句活動も活発で、他派の俳人から判を頼まれるほど芭蕉の俳壇的地位は確立されていたと考えられる。

ところで、延宝七年（一六七九）初夏に、岸本調和編「富士石《ふじいし》」が刊行された。この撰集には、「桃青万句に」との前書のある「三吉野や世上の花を月八分　等躬」という句が載せられている。このことは、芭蕉が当時すでに宗匠立机披露の万句興行を実施していたことを意味する。それゆえ、立机（俳諧師が宗匠となること）は、延宝七年初夏以前、延宝五、六年頃ではないかと言われている。万句興行は、新進の俳諧師などが、自分の名を世間に広めるために行うものである。延宝五、六年頃の芭蕉は、俳諧師として意気軒昂たるものがあった。

芭蕉は、「おくのほそ道」の旅の途中に出した、杉風宛元禄二年四月二十六日付書簡に「乍憚《さたん》（等躬のこと）と申す作者、拙者万句の節、発句など致し候仁《じん》にて、伊勢町山口作兵衛方の客にて御座候」とある。

ところで、この等躬を芭蕉は「おくのほそ道」の旅の途中で訪問している。等躬は本名を相良伊左衛門といい、須賀川（福島県須賀川市）の宿駅の長であり、等躬は俳号。別号は乍憚齋《さたんさい》。岸本調和門。芭蕉より六歳年長で俳系も異なるとされている。芭蕉の俳友といえる存在であろう。「おくのほそ道」には「すか川の駅に等躬といふものを尋ねて四、五日とゞめらる」とあるが、曾良の「随行日記」では、四月廿二日から廿八日まで滞在している。等躬訪問も宗匠立机に際しての支援に対する感謝の念をこめたものであったかもしれない。滞在中に芭蕉の「風流の初《はじめ》やおくの田植歌」を立句にして歌仙を興行している。連衆は、芭蕉・等躬・曽良である。「おくのほそ道」の旅における、最初の歌仙興行であった。

さて、延宝七年（一六七九）五月、言水《ごんすい》撰「江戸蛇之酢《えどじゃのすし》」刊。発句三が入集している。この俳諧撰集は、諸家の四季発句を前半に、言水独吟百韻及び歌仙各一巻を後半に収めている。

言水は「凩《こがらし》の果《はて》はありけり海の音」（新撰都曲）で全国的に有名になり「凩の言水」の異名をとった俳人である。

同八月二十五日に成った桑折宗臣《こおりむねしげ》撰「詞林金玉集」に発句十一入集。この作品は、貞門談林俳諧撰集九七部の中から、秀句一万九五一九を抜き出し、四季類題別に配列した俳諧発句集である。俳人数は五六一七名にのぼる膨大なものである。作者名の下には住所と姓が記してある。（「俳文学大辞典」角川書店）

宗臣は、伊予国宇和島藩主伊達秀宗の四男。俳諧は季吟門とされる。貞門俳諧撰集

「大海集」刊。
同年秋、小西似春《じしゆん》・土屋四友両名の上方旅行に際し、四友亭で送留別三吟百韻二巻を興行した。似春編の「芝肴《しばざかな》」（延宝末頃刊）に収められている。「延宝七年の芭蕉連句がほかに知られていないことから貴重」とされる。（「俳文学大辞典」角川書店）

一巻目は、

須广《（磨）》ぞ秋志賀奈良伏見でも是は　以春
　ほの〴〵の浦さしそへて月　四友
沖の石玉屋が袖の霧はれて　桃青
（略）

二巻目は、

見渡せば詠《ながむ》れば須广の秋　桃青
桂の帆ばしら十分《じふぶん》の月　四友

さかづきにふみをとばする鴈鳴《かりなき》て　似春

（略）

一巻目の「須广ぞ」の句は、秋の風情は、志賀・奈良・伏見でも須磨には及ばないというのである。

「ほの〴〵の」の句の「ほの〴〵の浦」とは、明石の浦をさす。それは古今集巻九羇旅「ほのぼのと明石の浦の朝霧に島がくれゆく船をしぞ思ふ」によっている。句意は、須磨から明石の浦へかけて月が一面に照らしているというのである。

「沖の石」の句は、前句の月を玉屋（玉を造る人）が沖の石を磨いて作った月と見做し、袖についた霧もはれて輝いているとするのである。

二巻目の「見渡せば」は、新古今集巻四　秋の歌上の、藤原定家の歌「見渡せば花も紅葉もなかりけり浦の苫屋《とまや》の秋の夕暮」をさす。この歌のように、詠んでも見ても須磨の秋は寂しいものであると上方へのぼる似春に挨拶を送っている。

「桂の帆柱」の句の「十分の月」は、帆をいっぱいに張ることと満月とを掛けている。須磨の浦に満月が照っていることを、月の中にはえている桂で作った帆を張って月の船が進んでいくといっているのである。

「さかづき」の句は、「雁信」というように、雁は文を運ぶものとされるが、その雁が盃にうつって盃の中で鳴いているというのである。

これらの句は、談林調が残るとはいえ、古歌や故事を巧みに取り入れた斬新で機知に富んだものとなっている。

似春は、本名小西平左衛門、京都住、のちに江戸本町に移住。季吟門の俊秀と目された。宗因を自亭に招くなど親炙し、桃青（芭蕉）・信章（素堂）らと共に江戸の新風派として活躍した。（「俳文学大辞典」角川書店）

延宝七年（一六七九）十二月下旬、才丸（才麿）撰「坂東太郎」刊。発句四入集。言水が短い序を書いている。

本書は四季発句集で、各巻の初めに題目録、巻末に句引を載せる。江戸俳壇の中心人物の調和をはじめ、露言・風虎・露沾・幽山・言水ら一流の俳人のほか、桃青・其角など当時新進の俳人の句も収める。江戸以外にも、武州（武蔵国）、上州（上野国）などの俳人の名前も見られる。芭蕉が、立机の時、助力したとされる等躬（奥州須ヶ川住）の名もある。収録された俳人は、百五十二名である。

才丸（才麿）は、本姓谷氏とされる。通称八郎右衛門。大和国宇多の武家出身。延宝五年（一六七七）、二十二歳頃東下し、活発な活動をはじめたと言われる。「坂東太郎」は処女撰集である。桃青（芭蕉）・其角と親しくしたが、元禄二年（一六八九）大坂に移った。

延宝八年（一六八〇）四月に、三十七歳の芭蕉は、「桃青門弟独吟二十歌仙」を刊。本書は当時漸く隆盛に赴きつつあった芭蕉の存在を門下一致団結して世に問うたものである。集中、嵐蘭は、自らの歌仙の揚句で、「桃青の園には一流深し」と自讃している。二十名による独吟歌仙であるが、一名追加されている。

「作風は談林調を脱せぬものの、荘子への傾倒、漢詩文調、また古歌のパロディながら心情・生活をにじませる句もあるなど（略）天和期以降の蕉風への萌芽を示す」（「俳文学大辞典」角川書店）とされる。

同じくその年の八月、芭蕉は、其角の二十五番自句合「田舎句合」に判詞を与えている。

九月、杉風の二十五番自句合「常盤屋句合」にも判詞を与えている。

右の二部姉妹篇は、「俳諧合田舎」「俳諧合常盤屋」として板行された。

両篇ともに、荘子的言辞の極めて強い影響が見られるとされる。

ところが、この年の冬、芭蕉は突然、居を深川のほとりに移したのである。「続ふかゞは集」（二世梅人編　寛政三年刊）に所載の「しばの戸にちやをこの葉かくあらし哉」という句の前書に、

こゝのとせの春秋、市中に住侘《すみわび》て、居を深川のほとりに移す。長安は古来名利の地、空手にして金《こがね》なきものは行路難し、と云けむ人のかしこく覚へ侍るは、この身のとぼしき故にや。


とある。

「こゝのとせの春秋」とは、芭蕉が伊賀から江戸へ下った寛文十二年（一六七二）から延宝八年（一六八〇）まで、足掛け九年になることを言う。

延宝五年（一六七七）には、住んでいたとされる貸家（江戸日本橋大船《ふな》町の町名主である小沢太郎兵衛〈俳号卜尺《ぼくせき》〉が、隣接する小田原町に所有していた）から、芭蕉は「深川のほとり」へ移ったのである。「深川のほとり」とは、深川元番所もしくは六間堀

の杉風の下屋敷ではないかとされる。

元番所といわれるのは次のような事情からである。正保四年（一六四七）に小名木川の隅田川口北側に深川番所が設けられ、通過する船の検閲が行われていたが、この番所は、寛文元年（一六六一）に小名木川の中川口北側の中川番所に移転した。芭蕉が深川に転居した頃はもう廃止されていたので元番所と言われたのである。杉風の下屋敷の六間堀は、北の堅川《たて》から南の小名木川に通じる堀の、その両岸に広がる町屋である。現在の江東区新大橋二—三丁目、森下一丁目、常盤一—二丁目にあたる。いずれにしても、元番所とは臨接している。

また、「夢三年《ゆめみとせ》」（俳諧追善集、松雨撰、寛政十二年刊）にある句、「艪《ろ》の声波を打て腸《はらわた》氷る夜や涙」には、「寒夜辞」という前書がある。

深川三《みつ》またの辺りに草庵を侘《わび》て、遠くは士峰《しほう》の雪をのぞみ、ちかくは万里の船をうかぶ（略）

である。「三また」とは元番所のことで、隅田川が今の新大橋の少し下流で二つに分かれてＹ字形をなしていたのを、当時三つ股と称したと言われる（日本古典文学大系「芭蕉文集」岩波書店　俳文編「寒夜辞」の頭注）。現在の江東区常盤町一丁目あたりで、芭蕉庵史跡庭園となっている。「士峰」とは富士山のことで、この草庵からは富士山がよく見えたようである。また、この三またの辺りは船の往来も盛んだったようである。上方から定期航路でくる大型帆船（樽廻船・菱垣廻船など）は、品川沖の隅田川河口の佃沖に停泊し、荷は艀を利用して日本橋の河岸へ運ばれ、水上交通が盛んであった。

江戸と下総の行徳（千葉県市川市）を行き来する交通も盛んであった。江戸幕府の政策で行徳では塩田が行われ、製された塩は小名木川を経由して船で江戸へ運ばれた（日本歴史地名体系13　東京都の地名　平凡社）。「艣の声」もそうした行き交う船のもので決して誇張ではない。

この草庵は、初め「泊船堂」と名付けられた。この名称は杜甫の「絶句四首」のその三の「牕含西嶺千秋雪　門泊東呉萬里船」という詩句によった。しかし、翌春、門人の李下から芭蕉の株を贈られ、いつしか「芭蕉庵」と呼ばれるようになった。

ところで、当時深川は江戸市中を去った辺鄙な土地で、埋立地であるため水が悪く、飲料水を買い求めなければならなかった。明暦の大火（明暦三年一月、江戸城本丸をはじめ市街地の大部分を焼き払った大火事。死者十万人余と言われる）以降、江戸の市街地拡張の一環として本所深川の開発が進められた。堅川・横川・南北割下水などの堀割を通し、小名木川・北十間川が整備された。この時に掘揚げられた土砂によって本所深川の湿地は埋立てられ、屋敷割、町割がすすめられた（日本歴史地名体系13東京都の地名　平凡社）。芭蕉が深川へ転居した延宝八年（一六八〇）は、埋立て後二十年余りしか経っていない。

「虚栗《みなしぐり》」（其角編）所載の「氷にがく偃鼠《えんそ》が咽《のど》をうるほせり」という芭蕉の句の前書に「茅舎買水」とある。とても、武士や商人を相手に宗匠として生活できるような環境ではない。宗匠として立机して二、三年目であり、世間からも認められ、これからという時期であった。

そんな時期に芭蕉はなぜ繁華な土地を離れ、水も飲めないような不便な深川へ居を移したのであろうか。

（2）転居の理由

芭蕉が深川へ転居した理由については、諸説あるが、それについては、富山奏氏が「新潮日本古典集成17　芭蕉文集」の解説で次のようにまとめられている。

第一説　芭蕉が深川に隠棲したのは、当時世上に流行する談林調の俳諧に対して、彼は違和を感じ、ついには、それを嫌悪し忌避するようになったからである。

第二説　芭蕉が深川に隠棲したのは、世俗的な俳諧宗匠としての生活に対して、彼は性格的に適合することができず、ついには、そうした生活を嫌悪し忌避するようになったからである。

第三説　芭蕉が深川に隠棲したのは、江戸市中における俳諧宗匠としての生活に失敗し、その結果、経済的にも破綻して、江戸市中での生活を維持できなくなったからである。

と、以上三説にまとめられている。

しかし、富山氏はこれらの説を否定して、次のような説を立てられている。

芭蕉の深川隠棲は、奥羽行脚と同質の行動であった。少なくとも、元禄三年に至って回顧してみると、芭蕉には、そのように自覚されたのである。当時、世俗の俳諧師が結庵するといえば、市中に門戸を構えて、みずから一派の宗匠として、何々庵第何世などと誇称するのが普通であったが、芭蕉の庵住は、それとは全く異質のもので、独り山野に杖をひく、行脚漂泊と同様の心境であった。深川隠棲が、行脚漂泊の境涯の第一歩として自覚されたとされる。

そして、深川隠棲は奥羽行脚と同質の行動であり、延宝八年（一六八〇）の深川隠棲を以て旅の俳諧師芭蕉の誕生となし得るゆえんであるとされる。

田中義信氏は「芭蕉　転生の軌跡」（若草書房　8　芭蕉の転生―深川移住の実態）において、芭蕉はみずからの意志で深川に定住の地を求めたのではなく、何かの事情で一時深川に居を移さなければならなかったのであるとされる。さらに、深川移住のいきさつをうかがわせる資料は何もなく、これが芭蕉の意志であったかどうかも現状ではまったく不明なのであるとされる。

以上のことを踏まえながら、芭蕉の深川転居はなぜか、なぜ深川なのかについて考えてみたい。理由は、一つでなく、いくつか複合していることも考えられる。

先述の「しばの戸にちやをこの葉かくあらし哉」（続ふかゞは集）の前書、

こゝのとせの春秋、市中に住佗《すみわび》て、居を深川のほとりに移す。長安は古来名利の地、空手にして金《こがね》なきものは行路難し、と云ひけむ人のかしこく覚へ侍るは、この身のとぼしき故にや。

は、江戸の日本橋から深川に居を移した時の感懐を述べたものである。

故郷の伊賀上野から江戸へ出てからの九年間の生活は芭蕉にとっては「市中に住佗て」であったのである。宗匠として立机し、芭蕉一門の隆盛も目前のものであったのに、外面的な華やかさに比べて、心の思いとしては「住佗て」であり、住みづらかったというのである。

さらに白楽天の詩「張山人ノ崇陽ニ帰山スルヲ送ル」（「白氏文集」）の一節「長安ハ古来名利ノ地、空手ニシテ金ナキモノハ行路難シ」（原漢文）を引用し、自分がそれらの詩句に共感できるのは、自分が貧困なためであると言うのである。「長安」は江戸の繁華街日本橋であり、そうしたところでは金の無い者は生活しづらいのである。芭蕉は俳諧の宗匠という立場にありながら、経済的には困っていたのであろうか。今栄蔵「芭蕉伝記の諸問題」(新典社、第七章芭蕉の経済生活、第八章俳諧経済社会学)によると、宗匠としての主な収入は、点料(作品を評価した謝礼金)、出席料、門人・顧客からの付け届、及び染筆料である。点料は歌仙(三十六句)一巻百文、百韻の連句はおよそ三百文である。今氏によると総じて点者の収入は月収一万四千文ぐらいだとされる。

一文は今の貨幣価値に換算して、米価を基準にした場合は八円、現代賃金を基準とした場合は四十七円ぐらいである(磯田道史「武士の家計簿」新潮選書)。すると、歌仙の点料は賃金換算で四千七百円、百韻の点料は一万四千円足らずである。月収一万四千文は、六五五万八千円になる。日本銀行貨幣博物館のホームページによると、一九世紀前半の料理人の賃金は一日三百文である。月収にすると九千文である。賃金換算で四二万三千円である。時代は少し違うがそれにしても宗匠の収入はそれと比べてもかなり高額である。現代とは生活のレベルが違うので一概には言えないが、相場としては決して低いものではない。

それであるのに、芭蕉が生活に困っていたのは何故か。それは点料などを取る生活を潔しとしなかったからであろう。

貞享二年（一六八五）正月廿八日付の半残《はんざん》宛書簡では、

夜話《やわ》四睡《しすい》、これまた珍妙、一体《いってい》おとなしく候。その外二句、とくとおつて考え申すべく候。まず判詞むつかしく、気の毒なること（自分にとって苦痛や戸惑いを感じること）多く御座候故《ゆゑ》、点筆を染め申す事（作品を評価すること）は、まれまれの事に御座候間、重ねて御免なされくださるべく候。

と言っている。

半残は、伊賀上野藤堂玄蕃家の臣で古くからの俳諧仲間であるが、芭蕉は、半残から作品の点（評価）を求められても、作品の点をすることは、自分にとって苦痛や戸惑いを感じるのでほとんどしないと言っている。

また、富山氏も紹介されているが、芭蕉が「おくのほそ道」の旅の途中、酒田（山形県）に立寄った時、町医の不玉（本名　伊藤玄順）の許に宿泊して世話になったが、その不玉から、「坊主子《ぼうずこ》や天窓《あたま》うたるゝ初霰《はつあられ》」を立句とする、自作の独吟歌仙に加点を乞うてきた。それに対して、加点をするにはしたが、その最後に一筆添えられていた。

一巻熟覧、感吟不斜《なのめならず》候。近年、武府之風雅、分々散々《ぶんぶんさんざん》、適々《たまたま》邪路の輩も相見え候處、微軀《びく》方寸相傳て、邊国鄙《ひな》のかたはらより、かかる風雅を見せしめ侍る、誠に殊勝の事に候。予《よ》、曾以點削之断筆《かつてもっててんさくのふでたつ》といへども、遠國の志と言ひ、先年行脚の情、難忘《わすれがたき》によりて、聊《いささか》評詞脇書加《くはふる》のみ也。

元禄六年春中　芭蕉庵　桃青

（校註俳文学大系5「七部集総覧編第二」所載の完来撰「秋の夜」）

要するに、私は以前から添削の筆を取っていないが、遠方から立派な作品を送ってこられ、また、「おくのほそ道」の旅では、いろいろとお世話になったので、「評詞」（批評のことば）や「脇書」を書き付けたというのである。これによってもふだんは、芭蕉が点取俳諧を行っていなかったことがわかる。

さらに、「物見車」（俳諧点取集、可休編、元禄三年八・尽、歩雲子序）に、武江（武蔵国江戸）の桃青、今は粟津（滋賀県大津）の辺に住て世の俳諧を批判せずとなん。

と記されている。自作の歌仙を、京・江戸・大坂など、諸国の宗匠二十六人に送って批点を求めたものであるが､桃青（芭蕉）は点取をしないので省いたというのである。

それではなぜ芭蕉は、批点を避け点取俳諧を拒んだのであろうか。それは、風雅の道にはずれて、商業主義に陥ってしまった俳諧への激しい憤りと失望にあった。点取俳諧は、宗匠に句の批点を請い、その点数の多い少ないにより、優劣を競うことを目的とした遊戯的な俳諧である。作者は、高点を得るため、点者の好みの句を作るようになった。

曲水宛元禄五年二月十八日付書簡に、

風雅之道筋、大かた世上三等に相見え候。点取に昼夜を盡し、勝負をあらそひ、道を見ずして、走り廻るもの有。彼等風雅のうろたへものに似《に》申候へ共《ども》、点者の妻子腹をふくらかし、店主《たなぬし》（貸屋の持ち主）の金箱を賑はし候へば、ひがごとせんには増（勝）りたるべし。

この書簡はいわゆる「風雅三等之文」として知られるものである。俳諧師の態度を三通りに分けて論じており、ここは、その第一に当たる。点取俳諧が流行すれば点者の収入がよくなってその家族は裕福になり、家を貸している家主も、それにつれて豊かになるというのである。罪を犯すようなことよりはましだともいう。痛烈な皮肉である。商業主義に陥り、俳諧の真実を忘れたことへの失望でもあった。また、去来宛元禄五年五月七日付書簡では、

この方、俳諧の体、屋敷町・裏屋《うらや》・背戸屋《せどや》・辻番・寺かたまで点取はやり候。もつとも点者どものためには悦《よろこ》びにて御座有るべく候へども、さてさて浅ましくなり下《さが》り候。

京都にいる去来に宛てた長文の手紙の一節であるが、江戸では、町のすみずみまで点取俳諧が流行しており、それを「浅ましく」と言っている。

点取俳諧を、商業主義に陥った「浅まし」いものとして手を染めなかった芭蕉にとって、宗匠としての収入の大部分を占める点料が入らないということは、生活の道を断たれたも、同然であった。

芭蕉が貧しかったことは、兄への送金を断っていたことからもわかる。元禄二年（一六八九）一月十七日付の兄の半左衛門宛の書簡に、

そこもと、旧年御仕舞《しま》ひも（昨年末の支払い）ご不自由に御座有るべく候。この方も永々《ながなが》旅がへり、何やかや取り重なり、毎日毎日客もてあつかひなどにて（毎日毎日来客の応対などで）冬のしまひもはつはつに御座候て（年末の支払いもやっとのことで）金子《きんす》少しもえ進じ申さず候（お金を少しも差し上げることができません）。

とある。芭蕉は、実家の兄、半左衛門も年末の精算ができないような経済状態であり、助けたいが自分も同じだと言っているのである。

また、兄のために門下の去来に金を借りていることのわかる書簡もある。去来宛元

禄四年七月十二日付の書簡である。

まづ芳意に懸けられ候金（ご心配いただいた金）伊賀より小者《こもの》（下男）指し越し候に、同名方《どうみようかた》（兄の半左衛門）へ遣《つかは》し候間、別してよき時節（お盆前の支払いの都合の良い時期）と、浅からず大悦に存候故、そこもとまで申し進《しん》じ候。

とある。去来から借りた金を兄に託けたら、丁度、お盆前の決算期の精算に都合よく間に合い喜んでいるという内容である。一月から七月までの買い物の代金の精算をお盆前にしていたのである。

芭蕉自身も、元禄七年（一六九四）最後の旅で大坂に立ち寄った時に、去来に借金の依頼をしている。九月十日付の書簡で、

尚々《なおなお》。ここもと様子定めがたき体に候（いつまで大坂に滞在するかわからない）。ふと発足の気味もしれず候（急に大坂を出立することになるかもしれない）。金二歩《にぶ》ばかり（一両の半分）ご才覚御こしなされくださるべく候（都合して送って

下さい）。返進《へんしん》致す事、急なる事も延々《のびのび》なる事も御座有るべく候。その段、拙者勝手になされくださるべく候。また返進せぬ事も御座有るべく候。

と言っている。去来との親交の深さのわかる書簡である。金二歩は一両の半分である。現代の賃金による価値でいえば、一両は、三十万から四十万にあたる。

芭蕉は延宝五年（一六七七）から延宝八年（一六六〇）までの四年間、神田上水の水道工事関係の事務的な仕事に携わっていたが、それも生計の資を得るためであったのであろう。

ところで、宗匠生活の実態であるが、「俳諧或問《はいかいわくもん》」（修竹堂著　延宝六年八月刊）に、

扨《さて》、俳諧の二字はたはぶれかたるとよみたれば、月をうらやみ、花にめで、折ふしの興にまかせて、ひやうふつと云ひ出す言葉の、みづからも腹をかゝへ、人の耳目をよろこばしめて、衆と共に楽むを、骨子とす。

とある。宗匠として俳諧は「みづから腹をかゝへ、人の耳目を喜ばしめて、衆と共に

楽しむ」ものだと言うのである。

人々のご機嫌を取ったり、お追従の一つも言ったりして楽しく遊ぶものなのである。特に商人の趣味として、社交の手段として、楽しく場を盛り上げるものなのである。さらに、門人達からの収入が無ければ生活が成り立たない人気商売なのである。「市中に住侘て」「金なきものは行路難し」と言わしめたのも以上のような事情によるのではないか。

芭蕉は宗匠生活にもなじめず、生活にも窮していったのである。

以上が芭蕉が転居を考えた理由の一点目である。

第二点目は、当時江戸で流行を極めている滑稽中心の談林俳諧に限界を感じ、江戸の中心である日本橋界隈から離れた場所で、新しい俳諧を模索しようとしたのではないかということである。新しいものを求めるには、環境を変える必要があった。

当時流行していた俳諧は次のようなものである。

たとえば「俳諧当世男《はいかいいまようをとこ》」（俳諧撰集　蝶々子編　延宝四年七月自序）には、

今朝見ればこもかぶり也雪女　　見石

埋火《うづみび》やふらぬ雨夜のものがたり　忠実

のような句が採られている。

「今朝見れば」の句は、昨夜雪の降る中で雪女を見て恐い思いをしたが、今朝よく見れば、何のことはない、「こもかぶり」（乞食）だったと言うのである。「雪女」と「こもかぶり」の落差に笑いがある。

「埋火や」の句は、「源氏物語」の「帚木」の巻の「雨夜の品定め」が下敷になっている。「源氏物語」では、五月雨の降り続く夜、宮中の物忌に籠っている源氏を貴公子達が訪れて女性の品定めをするが、この句では、「埋火」を囲んで冬の雨の降らない夜にいろいろと女性の噂話をすることだというのである。古典の捩りによる滑稽味である。

しかし、この撰集には、芭蕉の句が、発句二、付句二、採られている。発句一句を紹介すると、

天秤《てんびん》や京江戸かけて千代の春

である。天秤で京と江戸を掛けてはかれば、うまく釣合がとれると二大都市の繁栄ぶりを詠んだもので、人の思い付かないような発想であり、誇張された面白味がある。芭蕉もこのような談林的発想の句を作っていたのである。

また、「坂東太郎」（俳諧撰集　才丸（才麿）編　延宝七年十二月　言水序）には、

茄子《なすび》焼《やき》焼《あき》の哀《あはれ》もしられけり　　昌夏

馬の尾やをのが身につく蠅払　　丸石

といった句がある。「茄子焼」の句は、西行の「心なき身にもあはれはしられけり鴫《しぎ》立つ沢の秋の夕暮」（新古今集　巻四）という和歌が下敷になっている。「茄子焼」は、茄子に油をつけて火であぶり、味噌をつけたものだが「鴫焼」ともいう。その「鴫焼」から、西行の和歌を連想して作った句である。

「馬の尾や」の句は、馬は自分の尻尾で蠅を追い払うが、尻尾は自分の体についてい

る「蠅払」だというのである。「をのが身につく」と言ったところに面白味がある。

この撰集にも芭蕉の発句が、四句採られている。一句を紹介すると、

今朝《けさ》の雪根深《ねぶか》を薗《その》の枝折《しをり》哉　桃青

である。この句は、辺り一面まっ白な雪でおおわれているが、「根深」（葱）の葉先が見えるところが菜園のあるところだという目印になっているというのである。白と緑の対照が印象的で、俗な「根深」を古歌に読まれる「枝折」に見立てたところに面白さがある。

さらに「談林功用群鑑《だんりんこうようぐんかん》」（俳論俳諧撰集　田代松意編著　延宝七年以降、同八、九年の九月出板）には、

五月雨や世界の飛石富士浅間　岸松

大山《タイサン》を脇《ワキ》ばさみけり扇子ふじ　一笑

とある。

「五月雨や」の句は、五月雨が降りつづいて辺り一面が水没し、富士山と浅間山だけが飛石のようにその頂をのぞかせているというのである。

「大山を」の句は、富士山を描いた扇子を脇に挟んだら、まさに「大山」である富士山を脇に挟んだことになるというのである。どちらの句も、大げさに誇張しているところに笑いが生じる。

この撰集には芭蕉の句は採られていないが、芭蕉が、深川へ転居する以前は、以上のような句がもてはやされていたのである。

しかし、自由奔放で人々の意表をつくような新奇な発想は、その時には面白いと思っても、人々にはすぐ飽きられる。芭蕉にもそうした反省はあったのである。常に句の向上を求めた芭蕉は、一度作った句を何度も推敲し納得できるまで作り直した。次のような話がある。先述したが、今一度振り返ってみよう。

芭蕉は元禄七年（一六九四）十月十二日に亡くなったが、「笈日記《おいにっき》」（支考編　元禄八年七月自序）によると、亡くなる三日前の十月九日に病床にあって、以前閏《うるう》五月

二十二日から六月十五日まで嵯峨の落柿舎に滞在中に作った、

大井川浪に塵なし夏の月

の句は、九月二十七日、園女《そのめ》亭で詠んだ、

白菊の目にたてて見る塵もなし

の句とまぎらわしいので改作したいといって、

清瀧や波にちり込《こむ》青松葉

に作り変えて支考に示したということである。

芭蕉は、亡くなる直前まで句を追求してやまなかった。芭蕉自ら「なき跡の妄執」（笈日記）と戒めているが、常に突き詰めて止まることはなかった。このような芭蕉がいつまでも滑稽中心の談林風の俳諧に甘んじることはなかった。談林風の俳諧は、発想や見立て、古典や謡曲の捩り、上品なものと俗なものとの対比や誇張などから来る笑い、あるいは権威あるものへの反発などに理解は得られたもののあくまでも言語遊戯でしかなかった。そこには人間の心がなかった、そうしたことに芭蕉は限界を感じていたのではないか。

談林風の俳諧に限界を感じはじめた芭蕉は新しい俳諧を目差した。それは、漢詩文調の俳諧である。延宝八年（一六八〇）頃には、漢詩文調の俳諧を多く詠んでいる。たとえば、次のような句である。

於《アア》春々《はるはる》大《おほい》ナル哉《カナ》春と云々《うんぬん》　（俳諧向之岡）

夜ル竊《ヒソカ》ニ虫は月下の栗を穿《うが》ツ　（東日記）

枯枝に烏《からす》のとまりたるや秋の暮《くれ》　（東日記）

いづく霽《しぐれ》傘《カサ》を手にさげて帰る僧　（東日記）

「於春々」の句は、延宝八年（一六八〇）の正月の作で歳旦発句である。米芾《ベイフツ》（北宋の画家・書家・文人）の「孔子賛」の「孔子孔子、大なる哉孔子」（原漢文）を踏まえたものとされる。

「夜ル竊ニ」の句は、延宝八年（一六八〇）以前の作とされる。「和漢朗詠集　巻下風」にある「春の風は暗に庭前の樹を剪《き》る　夜の雨は偸《ひそ》かに石上の苔を穿《うが》つ」（傅《ふ》温《をん》）の字句を換骨したものと言われる。

「枯枝に」の句は、延宝八年（一六八〇）の秋の作とされる。水墨画の画題である「寒鴉枯木」を句に言いかえたものである。高雅、閑寂、枯淡なさびた情趣がみとめられるという説もある。

「いづく霽《しぐれ》」の句は延宝八年以前の作とされる。「和漢朗詠集　巻下　僧」にある「蒼茫《さうばう》たる霧雨《ぶう》の霽《は》れの初め　寒汀に鷺立てり　重畳《ちようでふ》せる煙嵐の斷《た》えたる處《ところ》　晩寺《ばんじ》に僧帰《そうかへ》る」（閑賦）によるとされる。蕉風の萌芽が認められる佳作として評価する説もある。

社交の具であり、もて遊び物となった滑稽中心の俳諧に限界を感じ、新しい俳諧として漢詩文調の俳諧を目差したのが、延宝八年頃の芭蕉であった。

しかし、この漢詩文調の俳諧も次なる俳諧への一過程に過ぎなかった。

芭蕉はさらなる飛躍を期して深川への転居を求めた。

それは、荘子的思想への共感とその思想を具体的に体現するための漂泊と風狂の場として、深川へ移り住んだのではないかということである。これが第三点目である。

「常盤屋之句合」（杉風編　自序　延宝八年庚申季穐日　華桃園〈芭蕉の別号〉跋）は、杉風が四季の青物を詠み込んだ自句五十句を左右に分けて二十五番に番《つが》え、芭蕉に勝負の判定を請うた句合集である。芭蕉の判詞には、荘子の思想に基づく高踏的世界を目差す俳諧姿勢が見られるとされる。（「俳文学大辞典」角川書店）

たとえば、

第七番

左

蜈《むかで》のり栄螺《さざい》の洞《ほら》に潜《ヒソマツ》てげり

右勝

獨活《うど》の千年能なし山の杣木《そまぎ》哉

左の句の意味は「蜈のり」（海中に自生する紅色の藻）が「栄螺」の殻に潜んでいるという意味で、むかでとさざえというグロテスクなものが取り合わされているのである。

右の句の意味は、千年を経た独活の大木はいわば「能なし山」（架空の山の名）の「杣木」（材木を育てている山から切り出した木）ともいうべきものだというのである。その芭蕉の判詞は、

むかで苔の住所、さゞいの洞に求めたるも珎《めづら》（珍）し。右はまた、能なし山のうどの大木、千とせを經たるも奇也。此山いづれの所にや山海經《せんがいきやう》（中国古代の神話と地理の書。山や海の動植物や金石草木、また怪談を記す）にも見えず。もし无何有之郷《ムカウ》、廣莫《クハウバク》の野につゞきたる名所か。彼《か》の大樗《チヨ》を捨《すて》ざるのためしもおもひ

出でられて、うどの大木又愛すべし。


とあり、右の勝としている。

「うどの大木」については、荘子の逍遥遊篇や人間世《じんかん》篇に、実用にならぬ大木をたとえに「無用之用《むようのよう》」（無用とされているものが、かえって大きな役に立つこと）が説かれている。そこから思い付いて「うどの大木」という俗諺を持ってきたのである。

「无（無）何有之郷」「廣莫の野」も共に荘子逍遥遊篇に見える架空の地である。いわば、何事についても、自分勝手な心を差し挟むことの無い、ありのままの、自然な在り方に従う世界である。

「大樗《チヨ》を捨てざるためし」も荘子逍遥遊篇に見える逸話で、恵子（中国戦国時代の思想家　魏の宰相となった）が大木を持てあましたという話を聞いた荘子は、物はさまざまだから、用い方もそれによるので、今、用いどころがないからといって、何の悩むことがあるかと諫めたことを指す。

つまり、芭蕉は杉風の句に荘子の思想を見て取っているのであり、このことは、芭蕉自身の荘子の思想に対する造詣の深さを示していると言える。

ところで、「荘子」の日本における享受については、池田知久著「道家思想の新研究—荘子を中心として—」（汲古書院）に詳しい。「江戸時代初期、十八世紀の前半すなわち一七三〇年代或いは一七四〇年代に至るまで、『老子』『荘子』『列子』は『鬳《けん》齋口義《さいこうぎ》』を用いて讀むことが頗る流行した。」とある。「鬳齋口義」は、「老子」「荘子」「列子」それぞれの注釈書で中国宋代の学者林希逸の著したものである。「江戸初期に『三子鬳齋口義』がいかに壓倒的に盛行したかを知るならば、我々はその盛行ぶりに驚嘆の念が興るのを禁じえない」ともある。

正保元年（一六四四）生まれとされる芭蕉も「荘子鬳齋口義」を読んでいたと思われる。

一方、浅井了意の「浮世物語」（寛文初年刊）に、

庄子《さうじ》は寓言とて、無き事を有るやうに書き、道人なりけるを、南花の篇といふ。定めて嘘吐《うそつき》といふ心にや。只うつけたる者を今も南花と名付くるなり」（五、傾城の事）

とある。「庄子」は「荘子」の俗字、「寓言」とは、寓話、「道人」とは達人、「南花」とは、「荘子」の異名である。「荘子」の話は、奇抜な嘘であり、馬鹿な者を「南花」と言ったりしているというのである。当時、庶民の間にも「荘子」が知られており、このことは取りも直さず、「荘子」が「寓言」を中心として、浸透していたことを意味する。

福永光司氏は「荘子―古代中国の実存主義」(中公新書)の「第五章　自由なる人間」の中で「人間がもし真に囚われることのない自由な生活をもとうとするならば、世間的な常識と慣習の中に埋没し、固定的な思考や偏狭な価値判断の中で怒り罵り歎き憤る囚われた生活から高く飛翔しなければならない。(略)万物が始めもなく終りもなく、古もなく今もなく、大いなる変化の流れの中でただ自生自化する真実在の世界に遊ぶこと」を荘子の思想の中心とみている。

芭蕉にとって、荘子の思想は、単なる俳諧の素材ではなく、自分の生き方と結びつけようとしていた思想なのではないか。貞享二年(一六八五)の年の暮れの作に、「めでたき人のかずにも入む老のくれ」(あつめ句・真蹟懐紙・陸奥衢)がある。その前書は、

もらふてくらひ、こふてくらひ、やをらかつゑもしなず、としのくれければ

である。

あるがままに生きること、貧しければ貧しいなりに、豊かな時もそれはそれなりに自由に生きること。人の喜捨に頼り、一握りの米を得るために、托鉢に出ることもよしとする。人の目を気にせず、人の批判も意に介さず、自分の気持ちに素直に生きる道が「無何有之郷」につながるのである。芭蕉は、荘子の思想を自分の生きる精神的支柱たらんとした。

その時、芭蕉には生き方に共感を覚えた人物が二人いた。それは、西行と僧増賀《ぞうが》であった。「笈日記」(支考)の伊勢の部に「貞享の間なるべし。此国《このくに》に抖擻《とそう》(行脚のこと)ありし時、」「奉納　二句　西行のなみだをしたひ、増賀《ぞうが》の信をかなしむ」と付した芭蕉の二句がある。

何の木の花ともしらずにほひかな

裸にはまだ二月《きさらぎ》のあらし哉

である。「笈日記」では、「伊勢山田」と前書し、真蹟懐紙（「芭蕉の筆蹟」岡田利兵衛編　春秋社）では、「西行のなみだ、増賀の名利、みなこれまことのいたる処なりけらし」として、二句を併記している。他の資料でもこの二句を併記しているものがあり、この二句は一組として解されていたようである。

「何の木の」の句については、貞享五年（一六八八）二月中旬、伊賀上野の実家から出した杉風宛書簡に「拙者無事に越年《をつねん》いたし、今程山田に居申し候。二月四日参宮いたし」とあり、「参宮」という前書でこの句が記されている。

伊勢神宮に参拝した芭蕉は、西行と増賀というそれぞれの生き方に共感をおぼえていた二人を想起して句に詠んだのであろう。

「笈日記」の前書にある「西行のなみだをしたひ」とは、「何事のおはしますをば知らねどもかたじけなさに涙こぼるゝ」（西行法師家集）をさす。この歌については存疑があるが、芭蕉は西行の歌と信じて句を詠んだのであろう。

芭蕉は何によって西行像を培ったのであろうか。それは、「山家集」や「西行法師家集」をはじめとした歌集や「撰集抄」や「西行物語」からであろう。

「撰集抄」は十三世紀後半に成立した著者未詳の作品であるが、「西行や著名な歌人を取り込み、西行が諸国を旅しながら綴った作品であるかのように仮構された作品」(岩波日本古典文学辞典)である。岩波文庫版「撰集抄」の解説にあるように「芭蕉が『西行・宗祇・雪舟・利休』とならべて自己の文学系譜の頂点に据えて敬愛追慕したその西行は、芭蕉の場合、この『撰集抄』をもふくめて理解感得された西行像であった」のである。

さらに、「西行物語」であるが、この作品は鎌倉中期頃までに原形が成り、以後増補改変されたが、西行の和歌を引きながら、その生涯を物語風に述べている。出家から死に至るまでの生涯が実録風に書かれているが、事実そのものではない。しかし、絵巻物としても享受されたこの作品は、芭蕉に西行のイメージを深く刻みこんだのではないだろうか。「野ざらし紀行」が芭蕉自筆の巻子本で二種類あり一種類は絵巻物風に書かれている。絵巻物風のものもあることは、それだけ西行に強烈な印象を受けたためとも考えられる。

芭蕉が深川へ転居する以前の延宝四年(一六七六)には、すでに西行に影響を受けていると見られる句を詠んでいる。

命なりわづかの笠の下涼み　（俳諧江戸広小路）

である。この句には「佐夜中山《さよのなかやま》にて」の前書があり、延宝四年（一六七六）の夏、伊賀上野へ帰郷の途中の吟とされている。西行の「年たけてまた越ゆべしと思ひきや命なりけり小夜の中山」（新古今集　巻一〇　羇旅の歌）を踏まえている。句意は、西行が「命なりけり」と詠んだ「佐夜の中山」で、笠の下影にわずかの涼をとっているというのである。西行の歌の「命」を唯一の頼みの意に取るなど西行歌の捩《もじ》りではあるものの西行への傾倒を思わせる句である。

「野ざらし紀行」においても、富士川の辺で、捨子に食い物を投げ与えて去っていく場面で「猿を聞人《きくひと》捨子に秋の風いかに」の句を残したのも捨子への人間としての憐愍の情をかなぐり捨ててもあえて俳諧に打ち込もうという決意の表われであろう。「西行物語」には、西行が出家する時、愛娘を縁から蹴り落とし、妻も振り捨てたという逸話があるが、西行のこの逸話が、芭蕉の意識にあったのかもしれない。

何かに打ち込もうとする時には、日常生活の常識や柵《しがらみ》を振り捨て、非人間的な行為もあえて行うという道を選ばなければならないのであろう。芭蕉が捨子に食い物を投げ与えたのは、せめてもの良心であった。

さらに、「西行物語」では、西行は西山の聖のもとから伊勢に出掛け、二見浦で侘住い、三年後、東へ旅に出る。小夜の中山、清見関、武蔵野、さらに陸奥に入る。古人の藤原実方を知り、藤原秀衡に会ひ、都へ帰る。そこから、四国へ旅立つ。白峰で崇徳院を祈り、善通寺で弘法大師を偲ぶ。数年後都へ戻る。娘と再会し、娘の黒髪を切って、高野山の麓にいる妻の尼のもとへ送り出す。鳥羽院の葬送を経て、自らの一生を振り返り、釈迦入滅の二月十五日、極楽往生を期して「願はくは花の下《した》にて春死なんそのきさらぎの望月の頃」(山家集)の歌を残した。この歌の通り、建久元年(一一九〇)二月十六日、西に向かって経文を唱え「仏にはさくらの花をたてまつれわが後の世を人とぶらはば」(山家集)と詠じて極楽往生の念願を果たしたとされる。

この「西行物語」から芭蕉の抱いたイメージは「漂泊」の歌僧ではなかったか。西から東へ、東から西へと、全国を旅に暮らした西行に自分の理想を見た。「おくのほそ道」をはじめ、「野ざらし紀行」「笈の小文」も西行にならったものでなかったか。あちらこちらと西行にゆかりの地を訪れている。

芭蕉の使用していた二見形文台には、二見浦の図と松が描かれている。西行が二見浦で扇を文台とした故事にちなむといわれている。ここにも芭蕉の傾倒ぶりが窺われる。

次に「笈日記」の前書にある「増賀の信をかなしむ」は、「裸には」の句のことをさす。この句は「撰集抄　巻一　増賀上人之事」にある、次の逸話を踏まえている。

あるとき、只一人伊勢大神宮に詣《まふ》でて祈請《きせひ》し給ひけるに、夢に見給ふやう、道心おこさむとおもはば、此身を身となな思ひそと、示現《じげん》を蒙《かふむ》り給ひける。打驚きておぼすやう、名利をすてよとこそ侍るなれ。さらばすてよとて、着給ひける小袖衣《ころも》、みな乞食《こじき》どもにぬぎくれて、ひとへなる物をだにも身にかけたまはず、あかはだかにて下向し給ひける。

である。

僧増賀について芭蕉は元禄二年（一六八九）閏正月乃至二月初旬筆の猿雖宛（推定）書簡に次のように述べている（宛先は猿雖ではなく宗七とする説もある）。

去年《こぞ》のたびより魚類肴味《かうみ》口に拂捨《はらひすて》、一鉢境界《いつぱつのきやうがい》、乞食《こつじき》の身こそたうとけれとうたひに侘《わび》し貴僧の跡もなつかしく、猶《なほ》ことしのたびはやつし〱てこもかぶるべき心がけにて御座《ござ》候。

「おくのほそ道」の旅を目前に控えての心境がつづられた書簡であるが、書中の「貴僧」とは増賀上人のことをさす。増賀上人のことは、「撰集抄」はじめ、鴨長明の「発心集」にも出ている。「発心集」第一の五には、

師僧正（良源　慈恵僧正のこと）、悦び申し給ひける時（良源が大僧正となった栄誉のお礼言上の時）、先駆《せんくう》の数に入って乾鮭《からざけ》と云ふ物を太刀にはきて、骨限なる（やせこけた）女牛《めうし》のあさましげなるに乗って「やかた口仕《つかま》つらむ」（良源の乗っていた屋形つきの牛車の先払いをいたしましょう）とて、面白く折りまはりければ（ときどき牛の向きを変えて乗りまわしたので）、見物のあやしみ驚かぬはなかりけり。かくて、「名聞《みようもん》（名声）こそ苦しかりけれ。かたゐ（乞食）のみぞ楽しかり」と歌

ひて（車から）打ち離れにける。

とある。

増賀上人は橘恒平の子とされ、延暦寺で出家、良源（慈恵僧正）の弟子となった。名利をきらい、遁世。後に多武峯《たうのみね》（奈良盆地南東端にある山）に住んだ。奇行と高徳で知られ、「宇治拾遺物語」「今昔物語」に登場し、その他の仏教逸話集にも多くの逸話が伝わっている。名声を嫌い師の晴れの場においても、その世俗性を奇行によって指摘して去っていった増賀に、芭蕉は共感を覚えたのであろう。

芭蕉は増賀から「風狂」という、世俗的な常識を超えて俳諧に突き進む道を学んだ。自己の生活や社会的規範を慮《おもんぱか》らずに俳諧に邁進する道である。「一鉢境界《いっぱつのきやうがい》」「乞食《こつじき》の身」であり、「こもかぶるべき心がけにて」生きる道である。

芭蕉は「無何有之郷」という荘子の具体的な体現を「漂泊」と「風狂」に見出そうとした。しかし、その「漂泊」と「風狂」を見出す場として江戸の中心である日本橋は適していなかった。芭蕉は、相応しい場として繁華な日本橋を離れた隅田川の対岸の深川にそれを求めたのではなかろうか。

以上、芭蕉が深川へ居を移した理由として、経済的に逼迫し、繁華な日本橋では生活が維持できなくなっていたこと、隆盛を極める談林俳諧に限界を感じていたこと、共感を覚えていた荘子的世界を体現するために「漂泊」と「風狂」を実践する場として深川を考えていたことなどがあげられる。

〔6〕芭蕉庵での生活

延宝八年（一六八〇）三十七歳の冬、芭蕉は深川に居を移した。最初の庵号は「泊船堂」といった。この庵号は、杜甫の「絶句三首その三」の「牕含西嶺千秋雪　門泊東呉萬里船」という詩句からとったとされる。しかし、翌年、門人の李下から芭蕉の株を贈られ、その株がよく繁って庵の名物となり、いつしか、「芭蕉庵」と呼ばれるようになった。また、讃岐国住で、麦浪門の二世麦籬亭禹柳《うりゅう》の著した「伊勢紀行」（安永二年、麦中桐谷序）によると「芭蕉野分して盥に雨を聞く夜哉」という芭蕉の句より「芭蕉の翁とは世にもてやす事になりりし」という。

芭蕉庵での生活については、俳諧師であり、歌舞伎役者でもある、俳号を栢筵《はくえん》ともいった、二世市川団十郎の日記「老のたのしみ抄」に、笠翁《りゅうおう》（俳諧師・漆芸家・蕉門）から聞いたエピソードとして享保二十年（一七三五）二月八日の項に次のようなことを記している。

桃青深川のはせを庵、へつゐ二つ有りて台所のはしらにふくべ（瓢箪）かけて有。二升四合程も入べき米入也。杉風・千鱗弟子の見次《みつぎ》（援助）にて、米なくなれば又入て有。もし弟子よりの米、間違ておそき時、ふくべ明けば自らもとめにも出られし歟《か》。其頃笠翁子は、廿三歟廿四の時のよし。翁は六十有余の老人と見へしよし。其頃翁は四十前後の人歟。（略）嵐雪なども俳情の外は翁をはづし逃げなど致し候よし、殊《こと》の外《ほか》気がつまりおもしろからぬ故也と（略）。翁の仏だんはかべを丸くほりぬき、内に砂利を敷、出山《しゅっさん》のしやか（釈迦）の像を安置せられしよし（略）。（資料集成「二世市川団十郎」和泉書院）

芭蕉庵には瓢箪が台所の柱に掛けてあって、二升四合程も入る米入れとなっていた。杉風や千鱗などといった弟子達が援助しており、米がなくなれば誰かが入れていた。もし瓢箪に米のない時は、芭蕉自らが乞食に出ていたのではないかと言うのである。門人達や人々の喜捨に頼る生活であり、贅沢を戒め飢えを満たすだけの生活である。芭蕉は四十前後であったが、六十余りの老人に見えたという。一方、門下の嵐雪なども俳諧以外では芭蕉を避けようとしていたという。それは芭蕉が気づまりだったからだというのである。芭蕉が質素で、世俗的なものは捨てさり、隠遁的な生活に努めようとしていたことが、周囲には厳しく気づまりに映っていたのであろう。庵には壁を丸くほり抜いて、内に砂利を敷き、出山の釈迦像が安置されていた。出山の釈迦像は、釈迦が六年の苦行の末、独自の道を求めて雪山を出る姿を刻んだものであるが、これは、隠遁者としての生活を送ろうとする人物のひとつのスタイルであり、芭蕉の世俗を捨て隠遁者として生きようとする決意の表われでもあった。芭蕉はこの芭蕉庵を「漂泊」と「風狂」の拠点と考え、隠遁者の窮極の目標である荘子のいう「無何有之郷」に至るための体現の場としようとしたのであろう。

なお、この笠翁の話を、天和二年（一六八二）十二月の江戸大火のため類焼し、後に再建された第二次の芭蕉庵の様子と見る説がある。しかし、「随斎諧話《ずいさいかいわ》」（夏目成美著　文政二年刊）所載の山口素堂の「芭蕉庵再建勧化《くわんげ》簿」（天和三年秋九月）には「大瓢一壺　北鯤之」とあり、これが「四山」と呼ばれるもので五升入る。一次の芭蕉庵の瓢は二升四合程しか入らないので、この話は二次の芭蕉庵のものではない。

ところで、「本朝文選」（許六編　宝永二年自序）の作者列伝には、

速捨レ功而入二深川芭蕉庵一出家。三十七、天下称二芭蕉翁一。

とあり、三十七歳で出家したように言っている。しかし、「野ざらし紀行」では、伊勢神宮を参拝したおり、

腰間に寸鉄をおびず、襟《えり》は一嚢《いちなう》をかけて、手に十八の珠を携ふ。僧に似て塵有《ちりあり》。俗にヽて髪なし。我僧にあらずといへども浮屠《ふと》（僧）の属《ぞく》にたぐへて神前に入《いる》事をゆるさず。

とある。このことは僧ではないが、外形的には僧に見えるので、神前に入ることを許されなかったという意味で、いわゆる剃髪をしていたことをさすのであろう。芭蕉は深川転居後、剃髪をして衣服も僧のものにあらため、外形的にも世俗的なものを捨てようという決意を示したのである。

ここで延宝八年（一六八〇）の冬、深川へ転居した頃の心境を詠んだ句を見てみたい。次のような句がある。

しばの戸にちやをこの葉かくあらし哉　（続ふかゞは集）

この句には、先述のように「ここのとせの春秋市中に住佗《すみわび》て居を深川のほとりに移す」（以下略）という前書があるが、芭蕉庵に住み始めた冬のある日の感懐を詠んだものである。季語は「この葉」で冬。「ちやをこの葉かく」というのは、茶を煎じるために落葉を掻き集めることをいうのだろう。句意は、草庵で落葉を焚いてお茶を煎じようと、落葉を掻き集めていると、嵐も木の葉を吹き寄せてくれることよというのである。お茶の木から散った葉が柴の戸に吹きつけるという光景は、冬の侘しさや寂寥感を感じさせる。その侘しさや寂寥感に徹することを自分の生きる原点としようという姿勢がみえる。芭蕉は吹きつける木の葉の侘びしさや寂寥感に徹することに生きる意義を見出し、むしろ生きる喜びを感じ取ろうとしているのではないか。それに耐えることによって一段と高い境地を目差したのである。

江戸の繁華街、日本橋とは異なる、水もままならない不便な土地に身を置くことによって、侘しさと寂寥感を、マイナスイメージでなく、それらに耐えることによって、一段と高い境地へと到達する新しい自分を発見しようというのである。侘しさと寂寥感はむしろ生々としたものとなって自分に迫ってくるのである。荘子の言う「無何有《むかう》之郷《さと》」（「荘子」逍遙遊篇）の境地に至るための出発点であろう。「茶を煮る」ということは、漢詩の世界での隠者のよくあるスタイルであり、そのスタイルを借りて新しい境地を目差した。次のような句もある。

櫓《ろ》の声波ヲうつて腸《はらわた》氷ル夜やなみだ　（武蔵曲《むさしぶり》）

この句の季語は「氷ル」で冬。「深川冬夜ノ感」という前書が付されている。「櫓の声波ヲうつ」とは、櫓に波が打ち当たって音を発していることを言うのであろう。句意は、戸外の隅田川を行き交う舟の櫓の波を打つ音が、草庵にいる自分には、寒々と聞こえ、腸まで氷るような寂しさに涙することよと言うのである。上の句は十、中七、下五の句形になっており、破調の句である。何故、芭蕉は上の句を破調にしたのであろうか。それは破調にしないと、腸も凍えるような寒夜にあって、寂しさに耐えて涙を流している自分を強調できなかったからであろう。この句は世俗を捨て、寒夜に寂しさに耐えて涙している自分を客観化して、そこにある真の姿を凝視し、さらにその先にある、荘子のいう「無何有之郷」を求めようという心の表われを詠んでいる。

芭蕉はこの頃、上の句が破調となる句をよく作っている。破調によって自己の心情を吐露することが、この頃の芭蕉にとって一番ふさわしいと考えられた手法だったのだろう。

なお、上の句と、中七、中五の二段構造により漢詩的表現の可能性を追求した句であるとの見方もある。（「芭蕉全句集」角川ソフィア文庫）

この句は、「武蔵曲《むさしぶり》」（千春《ちはる》編　天和二年刊）に採られているが、「武蔵曲」に採られている芭蕉や其角らの句には、談林調を越えようとする姿勢が認められるとされる。また、「芭蕉」という号も、この句集から使われるようになった。さらにこんな句もある。

雪の朝独り干鮭《からざけ》を嚙《カミ》得タり　（東日記）

季語は「雪」「干鮭」で冬。この句には、「富家ハ喰《クラヒ》二肌肉一ヲ　丈夫ハ喫《キツス》二菜根一ヲ　予ハ乏し」という前書が付されている。この前書は「菜根譚《さいこんたん》」（中国の明の洪自誠著）の書名の由来となっている、朱熹《しゅき》の撰した「小学」の善行第六の「汪信民、嘗つて人は常に菜根を咬《か》み得ば則ち百事做《な》すべしと言う。胡康侯はこれを聞き節を撃ちて嘆賞せり」という汪信民の話を踏まえている。（「菜根譚」〈講談社学術文庫〉の解説）

前書の意味は、裕福なものはうまい肉を食べ、ますらおは野菜の根をかじって粗食にたえて将来を期すが、自分はそのどちらでもなく、ただ貧しいだけだというのである。「予は乏し」には、疎食に耐えることに目的があるわけでなく、ただ貧しさを当り前のこととしてそのまま受け入れているだけだとの意がこめられている。

句中の「干鮭」とは鮭の干物のことであり、鮭の内臓を取り去り、軒下などにぶら下げて乾燥させたものであり、「乾鮭」とも表記する。僧増賀が「師僧正、悦び申し給ひける時、先駆の数に入って乾鮭と云ふ物を太刀にはきて（略）、名聞こそ苦しかりけれ。かたゐ（乞食）のみぞ楽しかりけり」（発心集）と歌った、その「乾鮭」がイメージされていたのかもしれない。

句意は、菜根ならぬ、干鮭を寒い雪の朝にひとり噛みしめているというのである。「噛得タリ」には、自足や自嘲ではなく、干鮭を噛んでいる自分を客観的に見ることが出来たというのであろう。感情をこめず、ただ干鮭を噛んでいる自分を見ているもう一人の自分がいるのである。清貧に甘んじていると、ことさらに構えるのでもない。あくまでも自分を凝視しているのである。そこに、荘子のいう「無何有之郷」へ通じる道があるのである。

〔7〕「漂泊」と「風狂」に学ぶ

芭蕉が延宝八年（一六八〇）の冬、三十七歳の時に深川へ転居したのは、荘子のいう「無何有之郷《むかうのさと》」を求めてであった。芭蕉が求めようとした「無何有之郷」は、私意を捨て、すべてをあるがままに受け入れて、あるがままに生きること、ことさらに貧しさや孤独を求めることではない。この「ことさら」を捨てることである。この「ことさら」が自意識であり私意である。これを捨てるのである。捨て去った時に、真に自由な精神と生き方を獲得することができる。しかし、繁華な町の中で複雑な人間関係に縛られ、日常生活に埋没していては、この「無何有之郷」の境地は得られない。とはいえ、芭蕉は人間関係を断絶し他人を傷つけてまでもと、考えていたわけではない。心の通い合う人間関係まで捨てようとしてはいない。要は、心の有り様の問題である。芭蕉は居を移すしかなかった。

芭蕉はこの「無何有之郷」の精神を二人の人物の生き様から学ぼうとした。それは西行の「漂泊」と僧増賀《ぞうが》の「風狂」という詩精神からであった。転居した深川の芭蕉庵をこの二つの詩精神を体現し実践する場としようと芭蕉は考えたのである。

芭蕉三十七歳の冬であった。

ところで、芭蕉の句に次のようなものがある。

老杜《ろうと》、茅舎破風《ぼうしやはふう》の歌あり。坡翁《はおう》ふたゝび此句を侘て、屋漏《をくろう》の句作る。其夜の雨ばせを葉にきゝて、独寐《ひとりね》の草の戸

芭蕉野分《のわき》して盥《たらひ》に雨をきく夜哉《かな》

である。深川転居の翌年、天和元年（一六八一）の作とされ、この前書のものは、禹柳《うりゆう》編「伊勢紀行」（安永二年序）に採られている。この句は、杜甫や蘇東坡《そとうば》（北宋の詩人）の詩を思い浮かべながら、「聴雨」という漢詩の伝統的詩題にもとづいて、嵐

の夜の孤独寂寥感を詠んだものとされる。そして、芭蕉が深川へ転居したのも、こうした漢詩的世界の情趣に徹して独自の世界を開こうとしたためであるという見方もある。しかし、こうした漢詩的世界はあくまでも芭蕉にとっては俳諧のひとつの題材にすぎなかったのではないか。「無何有之郷」へ至る一過程ではなかったか。

（1）「漂泊」に学ぶ

芭蕉が紀行文として残した長期にわたる旅は三度である。

まずは、貞享元年（一六八四）四十一歳の八月に江戸を出発し、翌年の四月に江戸に帰着した、「野ざらし紀行」の旅である。

次には、貞享四年（一六八七）四十四歳の十月に江戸を立って、翌年四月、須磨・明石の遊覧までを記した「笈《おい》の小文」である。

三度目は「おくのほそ道」の旅である。元禄二年（一六八九）四十六歳の三月、江戸深川を出発、奥州各地を訪ね、日本海側へ出て北陸路を南下、美濃の大垣に到着、そこからさらに、伊勢へ向かうところまでが記されている。全行程六百里（二千四百キロ）という大旅行である。

他にも、「鹿島紀行」という貞享四年（一六八七）八月十四日に鹿島へ舟で月見に出発し、八月二十五日頃に江戸へ戻るまでを記した紀行文もある。

さらに、「笈の小文」の旅に引き続き、信州の更科《さらしな》の姨捨《おばすて》山へ月見に出掛けた時のことを記した「更級紀行」もある。

ここでは、「野ざらし紀行」「笈の小文」「おくのほそ道」中の、芭蕉が訪ねた西行の事蹟にかかわる句や文章について、どのような思いを持って記したかを見てみたい。それが西行の足跡をたずね、西行と一体化した芭蕉の漂泊の旅をたどることになるからである。

①「野ざらし紀行」の旅

「野ざらし紀行」の旅程は次のようになっている。貞享元年（一六八四）八月中旬、江戸を立って東海道を西へ向かい、小夜《さよ》の中山（静岡県掛川市日坂《にっさか》付近）を越えて、八月三十日伊勢神宮に参拝、九月八日、郷里の伊賀上野に到着。その後、大和国の吉野の奥に西行の庵の跡を訪ね、さらに、美濃国大垣の木因《ぼくいん》の家を宿とし、尾張国名古屋へ、伊賀上野に帰って越年、明けて、奈良、京都、伏見、大津を経て再び尾張国を訪ね、甲斐の山中を通って、四月末、江戸深川に帰庵するまでの約九か月の旅であった。

この旅の行程の中で、芭蕉が訪ねた西行に縁《ゆかり》の地は、まずは、「小夜《さよ》の中山」である。八月二十日過ぎに越えている。

杜牧が早行《さうかう》の殘夢《ざんむ》、小夜の中山に至りて忽《たちまち》驚く。

馬に寝て残夢月遠し茶のけぶり

「小夜の中山」は、遠江国榛原郡と小笠郡との境をなす峠で、菊川から新田に至る険路であり難所であった。遠江国の歌枕でもあった。ここで西行は、

年たけてまた越ゆべしと思ひきや命なりけり小夜の中山

（新古今集・西行法師家集・西行物語）

と詠んでいる。西行の他にも多くの歌人が「小夜の中山」の歌を作っているが、西行の歌が一番人口に膾炙されていた。

芭蕉はうつらうつらと半分眠ったような状態で馬に乗っていたが、この中山に近づいて、はっと目が覚めたというのである。西行が歌に詠んだ小夜の中山である。西行が歌なら、自分は句でと「馬に寝て」の句を作って応じたのである。杜牧の「早行」という詩にならった句であるが、句意は、馬上で寝てしまい、その夢からさめかけて、ふと頭上を見上げると有明の月が空に残り、村里で茶を煮る煙が立ち上っているのが見えるというのである。句には、西行にかかわるものはないが、西行ゆかりの中山という歌枕に触発されて詠んだ句なのである。

次には、伊勢神宮である。

暮《くれ》て、外宮《げぐう》に詣《まうで》侍りけるに、一ノ華表《とりゐ》の陰ほのくらく、御燈處々《みあかしところどころ》に見えて、また上もなき峯の松風、身にしむ計《ばかり》、ふかき心を起して、

みそか月なし千《ち》とせの杉を抱《だ》くあらし

芭蕉は、八月三十日に伊勢神宮の外宮《げぐう》に参拝した。「西行物語」によると、「さても大神宮に詣で侍りぬ。御裳濯河《みもすそ》（五十鈴《いすず》川の異名）のほとり、杉の群立《むらだ》ちの中に分け入り、一の鳥居の御前にさぶらひて、遙かに御殿を拝し奉りき」とあるとおり、西行は参道の入口である一の鳥居で礼拝した。当時、神宮の仕来たりで、僧形の者はここより奥へ入ることを許されなかったのである。西行は次の歌を詠んだ。

深く入りて神路《かみぢ》の奥をたづぬればまた上《うへ》もなき嶺《みね》の松風

（千載集・御裳濯河歌合）

である。

芭蕉は、参拝した時、この歌を想起し、参道の入口である一の鳥居の前で「深き心を起こして」つまり深く感動して「みそか月なし」の句を詠んだのである。句意は、八月三十日の晦日で月は出ていないが、山から吹き下ろす風が千古の神杉を包み込むように吹いているというのである。西行がその昔、体験したであろう伊勢神宮への崇敬の念を、芭蕉も同じく追体験しているのである。

西行の歌にある「神路」は「神路山」のことで、芭蕉の句にある「あらし」もこの山から吹いてくる風である。「千載集」の西行歌の詞書には「大神宮の御山をば神路山と申す」とあるが、伊勢神宮の内宮の南方にある連山が神路山といわれている。南裾を御裳濯河（五十鈴川）が流れている。

芭蕉は、同じ伊勢神宮で、西行の歌を思い起こして、「みそか月なし」の句を詠みながら、その西行と一体化しているのである。

その後、芭蕉はその足で、神路山の南方の谷であり、西行が隠棲した跡と伝えられている西行谷《さいぎようだに》を訪れている。

西行谷の麓に流《ながれ》あり。をんなどもの芋あらふを見るに、

芋洗ふ女西行ならば歌よまむ

句意は、西行とゆかりのある谷川の流れで芋を洗っている女たちよ。西行であったなら、歌を詠みかけただろうというのである。「芋」とは里芋である。

西行が隠棲して草庵を営んだ所は実際は、二見浦の安養山という山であったが、当時はその名のとおり「西行谷」と考えられていた。神照寺という尼寺があって、西行が開基。二世は西行の妻と考えられていた。(「芭蕉のうちなる西行」目崎徳衛著　花曜社)

波静本《はじょうぼん》「甲子吟行《かつしぎんこう》」にある、山口素堂の序には、

ゆき〳〵て、山田が原の神杉をいだき、また上もなきおもひをのべ、何事のおはしますとハしらぬ身すらもなみだ下りぬ。同じく西行谷のほとりにて、いも洗ふ女にことよせけるに、江口《えぐち》の君ならねバ、答もあらぬぞ口をしき。

とある。「甲子吟行」とは「野ざらし紀行」の別名である。素堂は、芭蕉は「芋洗ふ」の句を詠んだが、この芋を洗っている女が「江口の君」のように返歌をしないのが残念だというのである。

「江口の君」は、西行の作と信じられ、漂泊の歌僧としての文学像を形作ったとされる「撰集抄」(江口ノ遊女之事)に、次のような話がある。西行が江口の里(大阪市東

淀川区）で遊女の家に一夜の宿を乞うたが許されなかった。そこで歌を詠んだがそれに対して遊女が返歌した。その返歌に西行はいたく感動して、終夜、語り合ったという話である。この逸話を頭において芭蕉は「芋洗ふ」の句を詠み、「芋洗ふ」女に呼び掛けているのである。

芭蕉は、かつての西行がそうしたであろうように自らを西行に擬して一体化しようとしているのである。

さらに芭蕉は吉野も訪ねている。

西上人《さいしやうにん》の草の庵《いほり》の跡は、奥の院の右の方二町計《ばかり》わけ入《いる》ほど、柴人《しばひと》のかよふ道のみわづかに有て、さがしき谷をへだてたる、いとたふとし。彼《かの》とく〳〵の清水《しみづ》は昔にかはらずとみえて、今もとく〳〵と雫落《しづくおち》ける。

露とく〳〵心《こころ》みに浮世すゝがばや

「西上人」とは西行法師のことである。芭蕉は吉野の奥に西行が営んだ草庵の跡も訪ねている。現在、この草庵の跡は明治二十六年（一八九三）「西行庵」として復元されている。金峯神社《きんぷじんじや》からさらに山中に分け入った所にあり、吉野山の最奥である。こんな山奥に西行は庵を結んだのである。そこをものともせず芭蕉は訪ねた。ここには、西行が詠んだと伝えられる歌、

とく〳〵と落つる岩間の苔清水くみほすほどもなきすまひかな

のとおり、とくとくと清水が湧いていた。この西行歌は、挿絵を交え吉野山行旅の風俗を伝える「吉野山独案内」（編者　謡春庵周可　寛文十一年刊）に所載されている。芭蕉は「彼《かの》とく〳〵の清水」といっているので、この清水のことは前もって知っていたのだろう。この清水は「苔清水」と言われるのが普通だが、芭蕉は西行歌の「とく〳〵」という語に着目し、「露とく〳〵」の句を詠んだ。句意は、清水のとくとくと落ちる雫で、世俗の塵で汚れた体を洗いすすぎたいというのである。この句では、清水を「露」と表現している。また、六・八・五の破調になっている。そのことによって清水が湧き出る様が髣髴とされ、印象的になる。特に「とく〳〵」という擬態語には

清水の滴りとその滴りにじっと聞き入る心、さらに俗塵の汚れを洗い落とす清浄な心が籠っている。西行がこの清水で俗塵をすすいだように自分もすすぎたいという、西行への崇敬と思慕の念がよく表われた句である。

この苔清水は現在もこんこんと湧いており、大和の水三十一選に入っている。西行像も安置され、西行の歌碑と芭蕉の句碑が建てられている。

ところで、この「野ざらし紀行」には別に芭蕉が中川濁子《じょくし》（美濃国大垣藩士　蕉門絵にも才を示す）に、清書を依頼した、濁子画「甲子吟行絵巻」がある。それに芭蕉は奥書《おくがき》を付しているが、次のようなものである。

此一巻は必記《ママ》行の式にもあらず。ただ山橋野店の風景、一念一動をしるすのみ。爰《ここ》に中川氏濁子、丹青をしてその形容を補しむ。他見可恥《たけんはずべき》もの也。

たびねして我句をしれや秋の風

芭蕉は「一念一動」ということを言っている。つまり、その都度心を動かした感動を詠んだというのである。人間の心情の発露が俳諧には不可欠なのである。この「一念一動」の精神は、芭蕉が「野ざらし紀行」の旅で体得した俳諧の精神であった。この精神は、句にいう通り、「たびね」（旅寝）を体験し、「漂泊」に生きることによって得られたものであった。言わば「漂泊」が感動による俳諧を生んだのである。この「秋の風」も単なる秋風ではない。俳諧の精神の象徴であった。

ここに、芭蕉の俳諧は、文学性、芸術性を獲得するに至ったのである。

②「笈の小文」の旅

「笈の小文」の旅の出発は、貞享四年（一六八七）十月二十五日である。江戸より東海道を辿り帰郷の途についた。尾張、三河の伊良湖崎《いらこざき》、名古屋を訪ね、歳末に郷里伊賀上野へ帰って越年。翌春、伊勢、吉野、大和、紀井、奈良、大坂、摂津を経て明石、須磨で源平の古戦場を訪ねた。ここで、「笈の小文」の記述は終わっている。実際の旅は、その後、布引の滝を見物、箕面の滝や能因塚、山崎宗鑑の屋敷跡を見て回り、四月二十三日京都に入っているが、それは記されていない。紀行としては、「笈の小文」の旅の後に、八月十一日、美濃を出発して更科の姨捨山《おばすて》で名月を眺める「更級紀行」の旅が付されている。以上のように、「笈の小文」の旅は中途半端な終わり方になっている。

「笈の小文」の旅で芭蕉が訪れた西行の縁《ゆかり》の地といえばまずは渥美半島の先端にある、伊良湖崎《いらござき》である。

保美村より伊良古崎《いらござき》へ壱里斗《ばかり》も有べし。三河の國の地つゞきにて、伊勢とは海へだてたる所なれども、いかなる故にか、万葉集には伊勢の名所の内に撰入《えらびいれ》られたり。此洲崎にて碁石《ごいし》を拾ふ。世にいらご白といふとかや。骨山と云《いふ》は鷹を打處《うつところ》なり。南の海のはてにて、鷹のはじめて渡る所といへり。いらご鷹など歌にもよめりけりとおもへば、猶あはれなる折ふし

鷹一つ見付《つけ》てうれしいらご崎

とある。

「保美村」は、現在の愛知県田原市保美町で、渥美半島の西の端にある。ここに、名

古屋の米穀商で、罪を得て所払いになっていた門人の杜国《とこく》が謫居していた。その杜国を見舞ったのである。芭蕉に愛された人物であった。芭蕉はこの杜国が元禄三年（一六九〇）に三十余歳で亡くなった時、「嵯峨日記」の中で「夢に杜国が事をいひ出して、涕泣して覚ム」とその死を悲しんでいる。この「笈の小文」の旅でも、二人で吉野へ出向いている。

「鷹一つ」の句は、伊良湖崎を訪れて、杜国に逢えた喜びを詠んだ句とされるが、その背後には西行への思いがあったと考えられる。「いらご鷹など歌にもよめりけりとおもへば」とあるが、「山家集」によると、伊良湖崎を訪れて詠んだと思われる歌が四首並んでいるが、そのうちの一首、

二つありける鷹の、伊良胡渡《いらごわた》りをすると申けるが、一つの鷹は止《とど》まりて、木の末に懸りて侍《はべる》と申けるを聞きて

巣鷹《すたか》渡る伊良胡が崎を疑ひてなほ木に帰る山帰りかな

をさしていると思われる。

「巣鷹」というのは、巣の中の雛を捕えて飼育した鷹のことであり、「山帰り」とは、山で年を越して羽毛の抜け替わった鷹のことである。どちらも鷹狩用に人工的に飼育された鷹であるが、伊良湖崎から知多半島の方へ放って訓練をしている様を詠んだものであろう。

現在もこの伊良湖崎から鷹が渡っていくのが見られるが、なかなか壮観である。全国からこの岬へ集まり、集団となって南方へ渡っていくのである。現在も九月下旬から十月下旬に見られるが、芭蕉が伊良湖崎を訪れたのは、陰暦の十一月十二日頃である。鷹の集団による渡りは終わっていたであろう。

芭蕉が句の中で「鷹一つ」と言っているのも、実景であるとともに、西行歌の詞書の中の「一つの鷹」をイメージしたものであろう。「うれし」には、敬慕する西行が歌に詠んだこの伊良湖崎へやって来た喜びと杜国に逢えた喜びとが交錯していると思われる。

ついで縁《ゆかり》の地は、伊勢神宮である。二月四日に参拝している。次の二句を記している。

伊勢山田

何の木の花とはしらず匂哉《にほひかな》

裸にはまだ衣更着《きさらぎ》の嵐哉

芭蕉は「野ざらし紀行」の旅でも伊勢神宮を訪れ、句を残している。この「笈の小文」の旅での句は、前書「伊勢山田」があるが、文章は記されていない。

これらの二句については先述したが、「何の木の」の句は西行の、「裸には」の句は僧増賀への思いを詠んだものである。

貞享五年（一六八八）二月中旬の杉風宛書簡には「参宮」の前書が付され、「何の木」の句だけが記されている。

「何の木の」句は、西行作と伝えられる、

太神宮御祭日によめるとあり

何事のおはしますをば知らねどもかたじけなさに涙こぼるゝ

（西行法師家集）

を踏まえているといわれている。芭蕉はこの歌を想起し、西行を偲びながらこの厳かな神域を句に詠じているのである。何の木の花かわからないが、何ともいえない妙なる匂が漂ってきて身も心も洗われるようだというのである。しかし、事実としては匂が漂っているのでなく、この匂は神社の境内の清浄で厳かな雰囲気と西行への憧憬の念が綯い交ぜになった心情を「匂哉」と表現したのであろう。

次には、吉野へ出向いている。父の三十三回忌の法要のため、二月十八日伊賀へ戻っていた芭蕉は、一旦伊勢へ戻り、万菊丸と名乗っていた杜国と落ち合って吉野へ花見に出掛けている。その時の様子を、先述の二月中旬の杉風宛の書簡で「拙者無事に越年《をつねん》いたし、今程山田に居申候。二月四日参宮いたし、當月十八日親年忌御座候に付、伊賀へかへり候て、暖気に成次第吉野へ花を見に出立んと心がけ支度いたし候。尾張の杜国もよし野へ行脚せんと伊勢迄《まで》来《きたり》候而《て》、只今《ただいま》一所に居候」と言っている。「笈の小文」では、

弥生半《やよいなかば》過る程、そゞろうき立《たつ》心の花の、我を道引《みちびく》、枝折《しおり》となりて、よしの丶花に

おもひ立んとするに、かのいらご崎にてちぎり置《おき》し人の、いせにて出《いで》むかひ、ともに旅寐《たびね》のあはれをも見、且《かつ》は我為に童子となりて、道の便りにもならんと、自万菊丸《みづからまんぎくまる》と名をいふ。まことにわらべらしき名のさま、いと興有。

と記している。

杜国は保美村に謫居してからは、南彦左衛門と改名し、野仁《のひと》と号したとされる。しかし、杜国が「万菊丸」と名乗ったのは、芭蕉の身の回りを世話する少年という意味もあるが、罪を得て所払いとなっていたので、あえて童子名を名乗り戯れたのであろう。

「そゞろうき立」とは、旅へ出たいという衝動が強くなっていることを言うのであり、「おくのほそ道」でも、冒頭の部分で、「そゞろ神のものにつきて」と記している。旅に憑かれた衝動が「そゞろ」という語で表現され、漂泊の旅へと誘うのである。

また「心の花」という語も、廣田二郎氏の指摘のとおり(「芭蕉と古典—元禄時代—」明治書院)、次の西行歌によっている。

悟りえて心の花し開けなば尋ねぬさきに色ぞ染むべき　（御裳濯河歌合）

西の池に心の花を先立《さきだ》てて忘れず法《のり》の教へをぞ待つ　（聞書集）

また、「我を道引枝折となりて」も、西行歌の、

花の歌どもよみけるに

吉野山去年《こぞ》の枝折《しほり》の道かへてまだ見ぬかたの花を尋ねん

（聞書集・新古今集　春上）

によったとされる。（中村俊定「冬の日尾張五歌仙全」武蔵野書院）

歌意は、去年枝を折って目印をつけて入った道を変えて、まだ見たことのない方面の桜を尋ねようというのである。

芭蕉は吉野は初めてであった。この「笈の小文」の旅の出発にあたり、内藤露沾《ろせん》邸で送別の句会があり、露沾の「時は秋吉野をこめし旅のつと」を立句に、七吟歌仙が巻かれているがそれに応えるためにも吉野へ行かねばならなかった。芭蕉は「笈の小

文」では、露沾の句を「時は冬」に改めている。送別の句会は旧暦の九月、出発は旧暦の十月でだったため冬の句に改作したものとされている。

西行が訪れた吉野へ芭蕉も訪れるという喜び、西行が見た桜を自分も見ることができるという感激で胸がいっぱいであっただろう。

次には、「初瀬《はつせ》」、現在の奈良県桜井市初瀬町の長谷寺《はせでら》を訪ねている。「撰集抄」巻九第十西行遇二妻尼一事に、十月頃、長谷寺で、昔捨てた妻が尼となっているのに出会った話がある。その話を思い浮かべて作った句が、

初瀬

春の夜や籠《こも》り人《ど》ゆかし堂の隅

である。句意は、この春の夜にお祈りをしてお堂に籠っている人は、どんな人か心がひかれるというのである。

「籠り人」とは、何かを祈願するためにお堂に泊っている人のことである。お堂には、十一面観音像が安置されている。

この長谷寺は、源氏物語や枕草子などの古典にも登場し、平安期の女性も多く参籠した寺である。この句も、そうしたことを踏まえながら、ひょっとしたら、春の夜にお堂のほの暗い片隅で祈りをささげている人は尼となった西行の妻ではないかと想像をたくましくしているのである。幻想的で春の夜を象徴的に捉えている。

次に訪れたのは苔清水である。苔清水は、三年前の「野ざらし紀行」の旅で訪れた吉野の奥にある、西行庵近くの「とくとくの清水」のことである。「笈の小文」では、文章は無く前書と句があるだけである。

苔清水

春雨のこしたにつたふ清水哉

句意は、しっとりと降る春雨が、木の下を伝い、滴り落ちて清水となって流れ出ているというのである。

三年前の「野ざらし紀行」で訪れた時に作った句は、「露とく〱心みに浮世すゝがばや」である。この句より、「春雨の」の句の方が、優雅で抑制のきいた句になっている。「野ざらし紀行」の旅に引き続いて「笈の小文」の旅においても、同じ西行ゆかりの地を訪れているのは、それだけ西行への敬慕の念が深かったからであろう。

さらに、次のような文も記されている。


よしの丶花に三日とゞまりで、曙《あけぼの》、黄昏《たそがれ》のけしきにむかひ、有明の月哀《あはれ》なるさまなど、心にせまり胸にみちて、あるは攝政公のながめにうばゝれ、西行の枝折《しをり》にまよひ（略）

である。「西行の枝折にまよひ」とは、先述の西行歌「吉野山去年《こぞ》の枝折《しをり》の道かへてまだ見ぬかたの花を尋ねん」（聞書集　新古今集春上）をさし、芭蕉は、西行の枝折の歌に心を惑わすというのである。吉野といえば、やはり西行であった。

さらに、「きみ井寺」の前書の後に、

跪《きびす》はやぶれて西行にひとしく、天龍の渡しをおもひ（略）

とある。旅に出ると、かかとは傷つき、西行も同じだった筈だと、旅といえば、西行が思い浮かぶのである。「天龍の渡しをおもひ」も、西行が東国へ旅した時、天龍川の渡しで、乗客が多く、舟が危険だったので、乗り合わせた武士から鞭打たれて舟から下ろされたという話が思い出されるというのである。この話は「西行物語」などに採られているが、このように、旅といえば、西行の面影から離れられないのである。

また、この「笈の小文」の中で旅について次のように言っている。

とまるべき道にかぎりなく、立《たつ》べき朝《あした》に時なし。只一日のねがひ二つのみ。こよひ能宿《よきやど》からん、草鞋《わらぢ》のわが足によろしきを求んと斗《ばかり》は、いささかのおもひなり。時〻《じじ》気を転じ、日〻に情をあらたむ。もしわづかに風雅ある人に出合《であひ》たる、悦《よろこび》かぎりなし。

「能宿《よきやど》」というのは、煩わしさのない、気持ち良く泊れる宿のことを言うのであろう。旅は常に心が改まり、人々との出会いもあり、新しい発見もある。安住することによる停滞から自己を解き放ち、新たに自己を深化させるものが、気ままで、自由な漂泊の旅であった。

芭蕉は、この「笈の小文」の冒頭部で次のように言っている。

西行の和歌における、宗祇《そうぎ》の連歌における、雪舟の絵における、利休が茶における、其貫道《そのくわんだう》する物は一《いつ》なり。

「其貫道する物」は、私意を去って大自然の生命の中に自己を同化させることによって生じる芸術的、精神的な感動である。芭蕉はそれを「風雅の誠」と言った。またそれは、荘子のいう「無何有之郷」に通じるものであった。

漂泊の旅によって大自然の生命に融け込み、春夏秋冬の季節の推移の中に自己を置き、息づく生命の輝きに触発されて、芭蕉は自らを深化させた。

③「おくのほそ道」の旅

芭蕉は元禄二年（一六八九）三月二十七日、曾良《そら》を伴って千住に別れをつげ、「おくのほそ道」の旅に出発した。

室《むろ》の八島《やしま》（栃木市惣社町の大神神社《おおみわ》）、日光山東照宮に参詣、那須の黒羽に入り、芭蕉参禅の師といわれる仏頂和尚の山居の跡を訪ねて雲巌寺に訪で、西行が歌に詠んだ柳に立ち寄り、白河の関を越えて、陸奥《みちのく》に入り、須賀川、安積、信夫の里を訪ね、飯塚温泉、仙台、多賀城（宮城県多賀城市）の碑を見、塩竈《しおがま》から松島湾を舟で渡った。さらに、石巻から平泉に赴いて藤原三代の栄華の跡を偲んだ。奥羽山脈を横断して出羽国（山形・秋田両県）に入り、尾花沢、立石寺、最上川を下って、出羽三山（月山・羽黒山・湯殿山）に参詣、酒田、象潟《きさがた》を回り、日本海側を南下、北陸道、市振《いちぶり》（新潟県糸魚川市）を経て加賀の国に入り金沢へ、小松、那谷寺《なたでら》、山中温泉（ここで曾良と別れる）を経て、越前に入る。敦賀《つるが》からは、出迎えた路通と共に美濃大垣（岐阜県大垣市）に八月二十一日には到着していた。この後、九月六日に伊勢の遷宮を拝もうと、舟に乗って水門川《すいもん》を下った。

芭蕉四十六歳の春から秋にかけて行われた、五か月余りの、六百里（約二千四百キロ）に及ぶ大旅行であった。

「おくのほそ道」の書き出しは次のようになっている。

月日は百代《はくたい》の過客《くわかく》にして、行きかふ年もまた旅人なり。舟の上に生涯を浮かべ、馬の口とらへて老いを迎ふる者は、日々旅にして、旅を栖《すみか》とす。古人も多く旅に死せるあり。予も、いづれの年よりか、片雲《へんうん》の風に誘はれて、漂泊の思ひやまず、海浜《かいひん》にさすらへて、去年《こぞ》の秋、江上《こうしよう》の破屋《はをく》に蜘蛛《くも》の古巣を払ひて、やや年も暮れ、春立てる霞の空に、白河の関越えんと、そぞろ神のものにつきて心を狂わせ、道祖神《だうそじん》の招きにあひて取るもの手につかず、股引《ももひき》の破れをつづり、笠の緒《を》付けかへて、三里に灸《きう》すうるより、松島の月まづ心にかかりて、住めるかたは人に譲り、杉風《さんぷう》が別墅《べっしょ》に移るに、

草の戸も住み替はる代《よ》ぞ雛《ひな》の家

表八句《おもてはちく》を庵の柱に掛け置く。

ここには、人生を旅と観る芭蕉の考え方がよく表われている。旅は生を生たらしめる根本的な原理である。旅の中に生涯を送り旅に死ぬことは、その原理にもとづく、

純粋な生き方であると考えていた。彼が敬慕してやまなかった、杜甫、李白、西行、宗祇ら「旅に死せる」「古人」のように、旅に出ることは、彼らの人生を体現することにつながる。芭蕉は、一日も早く旅に出たいという「漂泊の思ひ」に駆られていた。

芭蕉は当時、全国的にも名を知られ、門弟も多く、俳壇的な地位は確立していた。しかし、このことは、深川へ転居した意志に反することではなかったか。蕉門の隆盛は喜ばしいことではあるが、自分の生き方とは離れたものであった。やがて、俗世間の名声や宗匠としての地位を離れて、漂泊の旅の中で、人生を見つめ直したいという思いが強くなっていったのではないか。具体的には、「松島」などの歌枕や西行などの古人が訪れた土地に触れて今一度、自らを振り返ろうとしたのではないか。「野ざらし紀行」の旅、「笈の小文」の旅、「おくのほそ道」の旅も、世俗的なものから離れ、本来の自分を取り戻そうとする旅でもあったのである。

芭蕉の漂泊の旅は、名声を得てから、頻繁に行われるようになった。

「野ざらし紀行」の旅では、貞享元年（一六八四）八月に江戸を出発し、貞享二年（一六八五）四月末に江戸に戻ってきている。「笈の小文」の旅では、貞享四年（一六八七）十月に江戸を出発し、「更級紀行」の旅を経て、貞享五年（一六八八）八月下旬、江戸へ戻っている。「おくのほそ道」の旅では、元禄二年（一六八九）三月江戸を出発し、旅を終えた後も處々をめぐり江戸へ戻ったのは、元禄四年（一六九一）の十月である。大坂で没した最後の旅は、元禄七年（一六九四）五月の江戸出発である。

以上のように、芭蕉の旅は、亡くなる前約十年に集中している。

ところで、「おくのほそ道」の冒頭の「去年の秋」は、前年の貞享五年（一六八八）八月、「笈の小文」の旅に引き続いての「更級紀行」の旅から江戸へ帰ってきたことをさしている。「おくのほそ道」の旅は「笈の小文」の旅の翌年だから、一年もたたないうちに旅に出たのである。

「おくのほそ道」の旅への思いは、元禄二年（一六八九）の一月には考えていたと思われる。元禄二年一月十七日付、兄の半左衛門宛書簡には、

何とぞ北国下向《ほつこくげかう》之節立寄候成《たちよりさうらうてなり》、関（三重県鈴鹿郡関町）あたりより成《なり》とも通路《つうろ》（立寄る）いたし、しみじみ可申上候《まうしあぐべく》。

とある。「北国下向」とは、北陸方面に行くことをさし、この書簡を書いた頃には「お

くのほそ道」の旅を予定していたことがわかる。

さらに、元禄二年一月頃付、宗七（推定）宛書簡では、

> 去年《こぞの》たびより魚類肴味《かうみ》口に拂捨《はらひすて》、一鉢境界《いっぱつのきやうがい》、乞食《こつじき》の身こそたうとけれとうたひに侘《わび》し貴僧の跡もなつかしく、猶《なほ》ことしのたびはやつし〱てこもかぶるべき心がけに御座《ござ》候。

と言っている。

宗七は、伊賀上野の人で、造り酒屋を営んでいた芭蕉の旧友である。「去年《こぞの》たび」とは、「笈の小文」の旅とその旅に引き続いての「更級紀行」の旅をさす。「魚類肴味口に拂捨」とは、肉や魚類をいっさい食べず、精進潔斎したことをさす。「一鉢境界」とは、鉄鉢を持って米や銭をもらい歩く、托鉢僧の生き方をいう。「うたひに侘し貴僧」とは、増賀上人のことで師の良源僧正の祝賀の行事で、異様な風体で現れて「かくて名聞こそくるしかりけれ、乞食の身こそたうとけれとうたひて打はなれけり」（発心集）と言ったことをさす。

芭蕉は、この「おくのほそ道」の旅では、粗末な身なりで、「こもかぶるべき心」すなわち人々に食を乞いながら行脚する乞食に身を落としてもよいという覚悟でいるというのである。

なお、この書簡については、猿雖《えんすい》宛と推定する説もある。

また、元禄二年（一六八九）二月十六日付、宗七・宗無宛書簡では、「道の具」つまり旅の携行品として次のようなものがあげられている。

道の具

短冊百枚、是かつゐたる日五銭十銭と代《しろ》なす物か。

筆箱一、雨用意ござ、鉢のこ、拄杖《しゆじよう》、この二色乞食《ふたいろこつじき》の仕度。ひの木笠、茶の羽織、例のごとし。

短冊百枚は、食事に事欠くようになった日に、短冊に句を書いて五文か十文の金にかえられるのではないかというのである。「鉢のこ」は、僧が托鉢に出た時、米や銭を受取る鉄鉢である。「拄杖」は僧の携える杖である。

このような旅の用意は「漂泊」のイメージとは程遠く、計画的に見える。しかし、五か月余りの六百里（二千四百キロ）に及ぶ大旅行である。「野ざらし紀行」の旅や「笈の小文」の旅は、期間は長いが、近畿圏が中心であり、既知の地域も多い。それと比べ、「おくのほそ道」の旅は、江戸を遠く離れた奥州各地を訪ね、険阻な奥羽山脈を横断して日本海側を南下するという過酷な旅であり、気候も風土も異なる未知の土地の旅である。しかも、安全や健康への不安がたえずつきまとっていた。そこには、ある程度の準備は許されるであろう。

芭蕉と同行した曾良は「随行日記」を記しているがそれによると、出来事や天候、宿泊地などが毎日克明に綴られている。たとえば宿泊地などについて、四月廿九日は、

アブクマ川ヲ舟ニテ越、本通日出山《ひいでのやま》（奥州街道の宿駅）へ出ル、守山ヨリ郡山へ弐里余。日ノ入前、郡山ニ到テ宿ス。宿ムサカリシ。

とある。郡山のどこに宿泊したかはわからないが、「宿ムサカリシ」とあるのは、曾良が「ムサシ」つまり不潔であると感じたことを言うのであろう。そんな所に泊って

いるのである。

また、五月朔日《ついたち》には、

すぐニ福島へ到テ宿ス。日未《いまだ》少し残ル。宿キレイ也。

と、宿がきれいだったと記している。こんな日もあったのである。

同じく五月十五日には、

壱リ半尿前《シトマエ》。(略)関所有。断六ケ敷也《ことわりむつかしき》。出手形ノ用意可有之也《これあるべきなり》。壱リ半中山。堺田(村上郡小田島小国之内。現最上町内。)出羽新庄領也。中山ヨリ入口五、六丁先ニ堺杭有。

この日については宿泊の記載がない。しかし、十六日に堺田の和泉庄屋新右衛門兄方に宿泊しているので、十五日もそこに宿泊したのではないかとされている。

「おくのほそ道」では「封人《ほうじん》の家」（関所の番人の家）に「宿りを求む」とあり「蚤虱《のみしらみ》馬の尿《ばり》する枕もと」という句を作っている。ここに、「風雨荒れて」三日間逗留したとある。

次に五月十七日であるが、「随行日記」に、

昼過、清風へ着、一宿ス。

とあるとおり、十七日は清風宅に一泊している。清風は、尾花沢の人で、紅問屋や金融業も経営した豪商である。芭蕉、曾良とは貞享二年（一六八五）以来、江戸で親交があった。こうした豪商の家にも厄介になっているのである。

芭蕉達の旅先での宿泊は、曾良の「随行日記」を見ても千差万別で多様である。清風宅のような恵まれた旅宿ばかりでなかったことは確かである。

ところで、芭蕉は「おくのほそ道」の旅の出発に際して、自分の住居、芭蕉庵を人に譲っている。「住めるかたは人に譲り、杉風が別墅《べつしよ》（下屋敷で採茶庵《さいたあん》という）に移るに」とあり、「草の戸も住み替はる代ぞ雛の家」という句を残している。

出発直前の元禄二年（一六八九）三月二十三日付の落梧宛書簡の中で、この句の前

書について、

はるけきたび寝の空をおもふにも、心に障らんものいかがと、まづ衣更着《きさらぎ》末草庵を人にゆづる。この人なん、妻をぐし、むすめをもたりければ、草庵のかはれるやうおかしくて

草の戸も住かはる世や雛の家

三月廿三日　　はせを

落梧雅丈

とある。

落梧は美濃国岐阜本町の呉服商で、貞享四年（一六八七）十一月末、名古屋滞在中の芭蕉を訪ねて入門、翌年六月に芭蕉を岐阜に招き、鵜飼見物に案内している。前書の主旨は、これからのはるかな旅の行末を思うにつけても、心に気にかかるものを残しておくのもどうかと思って、二月末に草庵を人に譲ったというのである。このことによっても芭蕉の「おくのほそ道」にかける思いのほどがわかる。この譲った人には、

妻や娘がいるので、草庵が様変わりした姿がおもしろくて「草の戸」の句を作ったというのである。中七が「住かはる世や」になっているが、「おくのほそ道」の本文では「住替る代ぞ」に、あらためられている。

芭蕉は、三月二十七日、千住を出発の後、八月二十一日までには美濃大垣につき、その後、九月六日に伊勢へ向かったが、その後も江戸へは戻ってはいない。大津の国分《こくぶ》山の幻住庵に入ったり、義仲寺の草庵や嵯峨の落柿舎に滞在したり、故郷伊賀上野へ帰ったりして元禄四年（一六九一）十月二十九日に江戸に到着している。住居も、日本橋橘町、彦右衛門方の借屋である。元禄二年（一六八九）三月、「おくのほそ道」の旅に出発してから、二年半ぶりであった。

芭蕉は江戸に戻ってから、冬の間に次のような句を作っている。長い前書がある。

よの中定《さだめ》がたくて、此《この》むとせ七とせがほどは旅寝がちに侍れ共、多病くるしむにたえ、とし比《ごろ》ちなみ置《おき》ける旧友門人の情、わすれがたきまゝに、重《かさね》て、むさし野にかへりし比《ころ》、ひと〴〵日々草扉《さうひ》を音づれ侍るにこたへたる一句

ばせを

兎もかくもならでや雪のかれお花

この句は、「雪の尾花」（遊五編　延享元年奥　芭蕉の五十回忌追善集）の巻頭の句である。長い前書がついているが、「此むとせ七とせ」というのは、この六、七年ほどの間はということで、「野ざらし紀行」の旅以来のことを言っている。この七年間は、ほとんど旅にあったのである。「とし比ちなみ置ける旧友門人」とは、長年親しんできた江戸の旧友や門人を言う。「むさし野」とは江戸のことで、「草扉」とは江戸到着後の住居、日本橋橘町の彦右衛門方の借屋をさす。「ともかくもならで」は、死をほのめかすことばである。句意は、長い間旅にあっても死にもしないで無事に帰ってきた。雪をかぶった枯すすきのような姿ではあるがというのである。

「雪のかれお花」は、旅から旅へと漂泊をつづけた芭蕉の象徴である。そして、その旅では漂泊の歌僧、西行の面影が芭蕉をたえず支えつづけていたのである。

さて、「おくのほそ道」の旅で、芭蕉は歌枕や古人の足跡を訪ねているが、特に西行への敬慕の念が強く出ていると思われる。ここでは、西行縁の足跡を訪ねてみたい。

まずは、旅立ちの場面である。次のようになっている。

弥生《やよひ》も末の七日、明ぼの、空朧々《ろうろう》として、月は在明《ありあけ》にて光おさまれる物《もの》から、不二《ふじ》の峰幽《かすか》にみえて、上野・谷中《やなか》の花の梢《こずゑ》、又いつかはと心ぼそし。むつましきかぎは宵《よひ》よりつどひて、舟に乗《のり》て送る。千じゆと云《いふ》所にて船をあがれば、前途三千里のおもひ胸にふさがりて、幻《まぼろし》のちまたに離別の泪をそゝぐ。

「上野・谷中の花の梢」であるが、芭蕉が「おくのほそ道」の旅に出発したのは、「弥生も末の七日」すなわち旧暦の三月二十七日で陽暦の五月十六日にあたる。実際には桜の時期を過ぎており、あくまでも芭蕉が心に思い描いた「花の梢」である。これは、西行の、

木《こ》の本《もと》の花に今宵《こよひ》は埋もれて飽《あ》かぬ梢を思ひあかさん　（山家集）

の「飽かぬ梢」（見飽きない花の梢）を想起しての「上野・谷中の花の梢」であるとさ

れている。桜といえばまず西行なのである。「願はくは花の下《した》にて春死なむそのきさらぎの望月の頃」（山家集）の歌を残して亡くなったとされる西行が、桜といえばまず思い浮かぶのである。

「またいつかはと心細し」についても、

かしこまるしでに涙のかゝるかな又いつかはと思ふあはれに　（山家集）

という、西行が西国の方へ修行に出掛けるにあたって、賀茂神社の末社の棚尾《たなう》の社に幣を奉った時に詠んだ歌が影響しているとの指摘もある。

「おくのほそ道」の旅の出発にあたって、西行の西国への旅立ちと己の旅立ちとが桜を介して芭蕉の脳裏に交錯していたのではなかろうか。

出発して、芭蕉がまず立寄った西行縁の地は、遊行柳《ゆぎやう》である。

曾良の「随行日記」では、四月二十日に芦野の里を経て白河へ向かっているが、

芦野ヨリ白坂へ三リ八丁。芦野町ハヅレ、木戸ノ外、茶ヤ松本市兵衛前ヨリ左ノ

方へ切レ、八幡ノ大通リ之内、左ノ方ニ遊行柳有。

と記している。芦野は現在の栃木県那須町芦野である。遊行柳は、西行が、

道のべに清水流るゝ柳陰しばしとてこそ立ちどまりつれ　（新古今集　夏）

と詠んだ柳と伝えられ、謡曲「遊行柳」によって広く知られた名所である。しかし、「おくのほそ道」では、

又、清水流るゝの柳は、蘆野《あしの》の里にありて、田の畔《くろ》に残る。此《この》所の郡守戸部某《こほうなにがし》の「此《この》柳見せばや」など、折《をり》〳〵にの給ひ聞え給ふを、いづくのほどにやと思ひしを、今日《けふ》此《この》柳のかげにこそ立《たち》より侍《はべり》つれ。

田一枚植《うゑ》て立去《たちさ》る柳かな

とあり、「遊行柳」でなく、「清水ながる丶の柳」となっている。

謡曲「遊行柳」の「遊行」は、遊行上人すなわち時宗の開祖、一遍上人のことで、謡曲のストーリーは、上人が奥州下向の際、老人と化した柳の精に出会い、法力で成仏させたという話である。柳そのものは、西行が「道のべに清水ながる丶」と詠んだ柳であるので、芭蕉は「遊行」という一遍をイメージする語を避けて西行の歌のとおり、「清水ながる丶の柳」と言ったのであろう。「おくのほそ道」の「立より侍つれ」も、西行歌の結句「立ちどまりつれ」を踏まえたものである。念願の西行ゆかりの柳に立ち寄れた喜びと敬慕の情がよく表われている。

「田一枚」の句も、「植て」は、現実には早乙女達であるが、そこに芭蕉自身の姿が重ねられているのである。句意は、西行ゆかりの柳にしばらく立ち寄って、早乙女達が田植えをしているのを眺めていたが、いつの間にか、自分も早乙女達と一緒になって田植えをしているような感覚におそわれていた。早乙女達が一枚の田を植え終わって立ち去っていく時、ふと我に帰り、柳のもとを名残りを惜しみつつ、自分も去っていくことであるよというのである。それは、面影に立つ西行との別れでもあった。「立去る柳かな」には、西行追慕の情と西行の魂に触れたという思いがよく表われている。

次いで訪れたのは白河の関である。

心許《こころもと》なき日かず重《かさな》るままに、白川（白河）の関にかゝりて旅心定《さだま》りぬ。（略）中にも此関《このせき》は三関《さんくわん》の一にして、風騒《ふうさう》（風騒）の人心をとゞむ。秋風を耳に残し、紅葉を俤《おもかげ》にして、青葉の梢猶《なほ》あはれ也。

白河の関は、現在の福島県白河市旗宿《はたじゆく》にあった奥州街道の関所である。この白河の関を越えると陸奥《みちのく》である。江戸にある人間にとっては、そこから先は未知の異空間である。白河の関は古歌にも多く詠まれた歌枕であり名所である。この関を越えて芭蕉も「旅心定まりぬ」つまり旅の心も落着き、旅に浸ることが出来るようになったのである。

白河の関を詠んで特に名高いのは、能因法師の「都をば霞とともに立ちしかど秋風ぞ吹く白河の関」（後拾遺集・羇旅）であるが、その他にも、平兼盛「便りあらばいかで都へつげやらむ白河の関は越えぬと」（拾遺集・巻六別）、源頼政「都にはまだ青葉にて見しかども紅葉散りしく白河の関」（千載集・秋下）など多い。白河の関を越えて陸奥を訪れることは、歌人にとってはひとつの憧れであったのである。
西行も白河の関を訪ねている。「西行物語」には、

陸奥《みちのく》へ下りけるに、白河の関といふ所にとどまり、能因入道、「都をばほ霞とともに立ちしかど秋風ぞ吹く白河の関」と詠《なが》めし事ども思ひ出でて、殊に月冴《さ》え面白かりければ、関屋の柱に、

白河の関屋を月の洩るからに人の心をとむるなりけり

とある。この歌は「山家集」には「白川の関屋を月のもる影は人の心をとむる成けり」という形で採られている。

この白河の関で、曾良の「随行日記」中の「俳諧書留」によると、「みちのくの名所〳〵、こころにおもひこめて、先、せき屋の跡なつかしきまゝに、ふる道にかゝり、いまの白河もこえぬ　早苗にも我色黒き日数哉　翁」という句を芭蕉は詠んでいたことがわかる。句意は、能因法師が「都をば」の歌を詠んだ季節にはまだ早く、今は早

苗を取る季節なのに、江戸からの旅の日数もたって、自分の顔は日焼けして黒くなったというのである。この句は、能因法師が「都をば」の歌を作ったが、こっそりと日光に顔を焼き、白河へ旅をして詠んだと偽ったという故事（古今著聞集）を踏まえた句であり諧謔的である。後に「西か東か先《まづ》早苗にも風の音」に改作したと「書留」にある。しかし、芭蕉の「早苗にも」の句は、「おくのほそ道」には採られていない。

曾良の、

卯の花をかざしに関の晴れ着かな

の句を入れている。

句意は、この白河の関を越えるにあたり、古人は冠をかぶり直し、正装したそうだが、自分は道の傍らに咲く白い卯の花を折ってかざしとし、それを関を越える晴れ着としようというのである。先人への敬意と関を越える晴れがましい心の溢れた句である。芭蕉は自分の句よりも、曾良の句をよしとしたのであろう。

ところで、「風騒の人心をとどむ」は、西行歌の「心をとむるなりけり」によっている。

この白河の関を詠んだ古人の歌の中にあって、やはり西行歌への思いがひとしお深いように思われる。

ついで須賀川という宿駅に立寄っている。現在の福島県須賀川市である。ここには、等躬《とうきゆう》という俳人が居る。先述したが、等躬は芭蕉よりは六歳年長、貞門石田未得門で俳系は異なっているが、先輩格に当たる。延宝七年（一六七九）四月序の調和編「富士石」に「桃青万句に　三吉野や世上の花を目八分　等躬」の句があり、芭蕉が宗匠として立机したと考えられている延宝五、六年（一六七七〜一六七八）の春頃に贈ったものであろう。

芭蕉はこの須賀川で「風流の初《はじめ》やおくの田植うた」を発句にして、脇句・第三句とつづけ、興に乗るままに、三巻の連句に仕上げた。須賀川には、四月二十日から二十九日まで滞在している。

「おくのほそ道」には、

此宿《このしゆく》の傍《かたはら》に、大きなる栗の木陰《こかげ》をたのみて、世をいとふ僧有《あり》。橡《とち》ひろふ太山《みやま》もかくやと閒《しづか》に覚《おぼえ》られて、ものに書付侍《かきつけはべ》る。（略）

世の人の見付けぬ花や軒の栗

とある。「橡ひろふ太山もかくや」というのは、西行の、

山深み岩にしだるゝ水溜《た》めんかつぐ〳〵落つる橡《とち》拾ふほど　（山家集）

を踏まえており、「山深み」を「太山」と変えている。「太山」は深山のことである。「世の人の」の句は、この草庵の軒端に咲いている栗の花は、人の見付けにくい地味な花であるが、栗の木陰を頼りとして住んでいる僧の人柄が偲ばれて奥床しいという意を表わしている。

西行は「橡拾う深山」、この僧は「栗の木陰」であるが、そこに西行に通じるものを感じているのであろう。

次に訪れた西行縁の地は笠島である。笠島は、現在の宮城県名取市愛島《めでしま》字笠島である。ここには藤中将実方《とうのちゅうじょうさねかた》の墓があった。実方は、殿上で藤原行成と口論して、勅勘

を被り、陸奥守に左遷されたが、笠島の道祖神前を下馬せずに通って、神の怒りに触れ、落馬して死んだと伝えられた人物である（源平盛衰記　巻七）。芭蕉は、西行がこの墓を訪れて、

朽《く》ちもせぬその名ばかりを留《とど》め置きて枯野の薄《すすき》形見にぞ見る

（山家集・新古今集）

と詠んだことに心を引かれて、自分も実方の墓を訪ねたいと思った。「おくのほそ道」には、

鐙摺《あぶみずり》・白石《しろいし》の城を過ぎ、笠島の郡《こほり》に入れば、藤中将実方《とうのさねかた》の塚はいづくのほどならんと、人にとへば、「是《これ》より遥《はるか》右に見ゆる山際の里を、みのわ・笠島と云《いひ》、道祖《だうそ》神《しん》の社《やしろ》、かた見の薄《すすき》、今にあり」と教ゆ。此比《このごろ》の五月雨《さみだれ》に道いとあしく、身つかれ侍れば、よそながら眺《ながめ》やりて過《すぐ》るに、蓑輪《みのわ》・笠島も五月雨《さみだれ》の折にふれたりと、

笠島はいづこさ月のぬかる道

とある。

芭蕉が土地の人に実方の墓はどこにあるかと尋ねると「ここからはるか右手に見える山際の村里を、蓑輪・笠島といい、道祖神の社や形見の薄が今もあります」と教えてくれた。「形見の薄」とは、西行が実方の墓を訪れて詠んだ歌の「枯野の薄形見にぞ見る」をさしている。芭蕉は、実方の墓を訪ねたいと思ったが、五月雨のために道が悪く、体も疲れているので、遠くから眺めただけで通り過ぎて、「笠島は」の句を詠んだ。

句意は、藤原実方の墓がある笠島はどのあたりであろうか。五月雨のために泥濘《ぬかる》んで道が悪く、疲れてもいるのでどうしようもないというのである。西行が訪ねた実方の墓を訪ねていけない無念さが、しみじみと溢れている。

実方の墓は現存し、芭蕉の「笠島は」の句碑、西行の「朽ちもせぬ」の歌碑が建てられている。

ついで立寄ったのは「武隈《たけくま》の松」である。「おくのほそ道」では、次のように記されている。

武隈《たけくま》の松にこそ、め覚《さむ》る心地はすれ。根は土際《つちぎは》より二木《ふたき》にわかれて、昔の姿うしなはずとしらる。先能因法師《まづのういんほふし》思ひ出《いづ》。往昔《そのかみ》、むつのかみにて下りし人、此木《このき》を伐《きり》て名取川の橋杭《はしぐい》にせられたる事などあればにや、「松は此たび跡もなし」とは詠《よみ》たり。代々《よよ》、あるは伐《きり》、あるは植継《うゑつぎ》などせしと聞《きく》に、今将千歳《いまはたちとせ》のかたちと、のほひて、めでたき松のけしきになん侍《はべり》し。（略）

この「武隈《たけくま》の松」は、現在も宮城県岩沼市に保存されている。「二木《ふたき》」というのは、二本の松が根元の所で一つになっているのをいう。

芭蕉が訪れた時、「昔の姿」そのままに、二木に分かれた松であったが、この松は、代々伐られたり植ゑ継ぎなどを繰返して、今に至っていたのである。

「後撰集」巻十七、雑三に、藤原元善《もとよし》朝臣の次のような長い詞書《ことばがき》の歌がある。

陸奥守にまかりて下《くだ》れりけるに、武隈の松の枯れて侍けるを見て、小松を植

ゑ継がせ侍て、任果てて後《のち》、又《また》同じ国にまかりなりて、かの前《さき》の任に植ゑし松を見侍《みはべり》て

栽《うゑ》し時契《ちぎり》やしけん武隈の松をふたゝび逢ひ見つる哉《かな》

である。詞書の意味は、陸奥守になって下った時に、武隈の松が枯れているのを見て小松を植えつがせた。任期を終えて帰国した後、再度陸奥守となって赴任したが、前の任期の時に植えたその松を見て作った歌であるというのである。歌意は、植えた松にまた逢おうと約束をしたのだろうか、そんなことはないのに武隈の松に再び逢い見たことよである。

元善が陸奥守に赴任したのは、一度目が延喜六年（九〇六）、二度目が延長七年（九二九）である。だから、その頃には、武隈の松は存在したのである。

その後の経緯は、藤原清輔の「奥義抄」（保延元年〜天養元年の成立か）によると、「この松、野火にやけにければ、源満仲が任に又うう。其後又うせたるを橘道貞が任にうう。其後孝義きりて橋につくり、のちたえにけり。うたてかりける人なり。なくても

よむべし。」とある。言うところは、武隈の松は、野火で消失したが、源満仲が陸奥守の任についた時に植えたが、又焼失してしまった。その後、橘道貞が植えついだが、平孝義が陸奥守になった時に、切って橋にした。その後、絶えてしまった。松は無くても歌は詠めるというのである。

平孝義が、陸奥守になったのは、治安三年（一〇二〇）で、長元元年（一〇二八）まで在任したが、その間に切って橋にしてしまったのである。「おくのほそ道」の「むつのかみにて下りし人」はこの平孝義のことである。

「後拾遺集」巻十八、雑四に、能因法師の歌として、

陸奥の国にふたたびくだりて、後のたび、武隈の松も侍らざりければ、
よみはべりける

武隈の松はこのたび跡もなし千歳をへてや我は来つらむ

が採られている。歌意は、この度来てみると、武隈の松は跡方もない。千年経って来

たのだろうかというのである。能因法師は、二度陸奥へ下向している。一度目は万寿二年（一〇二五）、二度目は長元元年（一〇二八）とされている。一度目の下向の時はあったが二度目の時はもう無かったのである。芭蕉が「おくのほそ道」で「まづ能因法師思ひ出づ」といっているのは、この歌のことである。

西行もこの松について歌を詠んでいる。「山家集」に、

武隈の松も昔になりたりけれども、跡《あと》をだにとて見にまかりてよみける

枯れにける松なきあとの武隈《たけくま》はみきといひてもかひなかるべし

とある。歌意は、枯れてしまって松の跡形もない武隈は、「見き」といっても、「みきとこたへん」と詠まれたその幹はなく、甲斐のないことよというのである。

この歌は、「後拾遺集」巻十八、雑四、橘季通の「武隈の松は二木《ふたき》を都人いかゞととはゞみきとこたへん」に対応したものである。歌の意味は、武隈の松は二つに分かれてはえている木だが、都人がどうなっているかと聞いたなら「見き」（幹）と、答えよう

というのである。西行はその答えに対して詠んだのである。芭蕉は、能因や西行が歌に詠んだ当時には、もうなくなっていた松が、今はこうして人々の努力によって「今将千歳のかたち」を留めていることに感激しているのである。能因や西行が見なかった松を自分は見ている。生々流転、万物は永遠に巡るのである。芭蕉は、そこに古人との命のつながりを悟ったのではなかろうか。

次に訪ねたのは、仙台東郊の宮城野である。古来萩の名所として知られている。現在の仙台市宮城野区宮城野である。今は公園になっている。「おくのほそ道」では、

名取川を渡《わたつ》て仙台に入《いる》。あやめふく日也《なり》。旅宿をもとめて、四、五日逗留《とうりゆう》す。爰《ここ》に画工《ぐわこう》加右衛門《かゑもん》と云《いふ》ものあり。聊《いささか》心ある者と聞《きき》て、知る人になる。この者、年比《としごろ》さだかならぬ名どころを考置侍《かんがへおきはべ》れば迚て、一日《ひとひ》案内す。宮城野《みやぎの》の萩茂りあひて、秋の気色《けしき》思ひやらるゝ。（略）

とある。芭蕉は、画工の加右衛門という人物に案内されて宮城野を訪れたのである。この人物は、和風軒加之という俳号を持つ俳人で、大淀三千風（伊勢国射和《いざわ》の人。全

国を巡り歩き、諸国の俳人と交流。仙台では多くの門弟を擁した。）の高弟である。宮城野を案内してもらった日は「あやめふく日」で五月四日である。しかし、芭蕉は「宮城野の萩茂りあひて、秋の気色思ひやらるゝ」と、秋の宮城野を想像するのである。宮城野は萩の名所であり、源氏物語の桐壷の巻に「宮城野の露吹きすさぶ風の音に小萩がもとをこそ思ひやれ」とある桐壷帝の歌や藤原基俊の「宮城野の萩や牡鹿の妻ならむ花咲きしより声の色なる」（千載集　秋上）のように、古歌に詠まれた萩の名所である。

西行も、

萩が枝《え》の露ためず吹く秋風に牡鹿《をじか》鳴くなり宮城野の原　（山家集）

と詠んでいる。

「西行物語」には、大治《だいぢ》二年（一一二七）鳥羽院が鳥羽離宮に御幸《みゆき》された時、改装後の御所の障子絵をかずかずご覧になって、歌人達にこの絵を題として、題ごとにそれぞれ一首ずつ和歌を奏上するようにお命じになった。出家する前の西行、義清《のりきよ》は、そ

の日のうちに十首を作って奏上し、面目をほどこしたという話がある。その十首のうちの一首が、

あはれいかに草葉の露のこぼるらん秋風立ちぬ宮城野の原

である。この歌は「西行法師家集」や「新古今集　巻四」に採られている。

芭蕉は、五月の宮城野を訪れた時、これらの西行の逸話や「山家集」の歌から宮城野に思いを馳せたのであろう。

次いで訪ねたのは「壺《つぼ》の碑《いしぶみ》」である。「壺の碑」は、征夷大将軍坂上田村麻呂が蝦夷《えぞ》を征討した時、弓弭《ゆみはず》で「日本中央」と彫りつけたと伝える古碑であり、青森県上北郡天間林村（現、七戸《しちのへ》町）近くの壺という所にあったという（袖中抄　巻十九）。しかし、寛文（一六六一～一六七二）の頃、伊達家四代の綱村の時代、多賀城址より発掘された石碑を「壺の碑」として混同されたらしい。芭蕉が「おくのほそ道」の中で、「壺の碑」に記されていることとして書いているのはこの「多賀城碑」のことである。

壺の碑　市川村多賀城《たがじやう》に有《あり》。

つぼの石ぶみは、高サ六尺余、横三尺計歟《ばかりか》。苔を穿《うがち》て文字幽《かすか》也。四維国界之数《しゆいこくかいのすう》里《り》をしるす。（略）聖武《しやうむ》皇帝の御時に当れり。むかしよりよみ置《おけ》る歌枕、おほく語伝《かたりつた》ふといへども、山崩《くづれ》川流《ながれ》て道あらたまり、石は埋《うづもれ》て土にかくれ、木は老《おい》て若木《わかき》にかはれば、時移り、代変《よへん》じて、其跡《そのあと》たしかならぬ事のみを、爰《ここ》に至りて疑《うたがひ》なき千歳《せんざい》の記念《かたみ》、今眼前に古人の心を閲《けみ》す。行脚《あんぎや》の一徳、存命の悦《よろこ》び、羇旅《きりよ》の労をわすれて、泪落《なみだおつ》るばかり也。

芭蕉は「壺の碑　市川村多賀城に有」と記しているが、今の、宮城県多賀城市市川にあたる。

ところで、西行は「壺の碑」について次のような歌を詠んでいる。

むつのくの奥ゆかしくぞ思ほゆる壺の石文《いしぶみ》外《そと》の浜風《はまかぜ》　（山家集）

「むつのくの奥ゆかしく」とは、「陸奥《みちのく》の奥を見たい」ということで、「外《そと》の浜風」の

「外《そと》の浜」は、「外ヶ浜《そとはま》」といい、陸奥国の地名である。現代の青森市から外ヶ浜町に至る津軽半島の陸奥湾沿岸である。

「壺の碑」や「外ヶ浜」は、陸奥という辺境への憧憬を駆り立てる題材であるとともに、石碑に刻まれた往古の文字は、古人の心のこもったものである。その古人の心に触れたいという思いを西行は歌にしたのである。芭蕉も「時移り、代《よ》変じて、其跡たしかならぬ事のみを、爰に至りて疑なき千歳の記念、今眼前に古人の心を閲す」と、時が移り世が変わって、今ではその跡もはっきりしない時代にあって、この碑だけは、千年のかたみともいうべく、現前していることに深い感銘を受けたのである。

次に訪れたのは、松島の瑞巖寺《ずいがんじ》である。瑞巖寺は、今の宮城県宮城郡松島町松島にある臨済宗妙心寺派に属する寺院である。天長五年（八二八）慈覚大師の創建になる。鎌倉時代に臨済宗に改宗した。

「おくのほそ道」には、

十一日、瑞岩（巖）寺に詣《まうづ》。当寺三十二世の昔、真壁《まかべ》の平四郎出家して入唐《につたう》、帰朝の後《のち》開山す。其後《そののち》に雲居《うんご》禅師の徳化《とくげ》に依《より》て、七堂甍《いらか》改《あらたま》りて、金壁荘厳《こんぺきしやうごん》光を輝《かがやかし》、仏土成就の大伽藍とはなれりける。彼見仏聖《かのけんぶつひじり》の寺はいづくにやとしたはる。

とある。「彼見仏聖」とは、平安末期の僧で雄島(松島湾の小島)に庵を結ぶこと十二年、法華経六万部を誦したとされる僧である(元亨釈書)。芭蕉が親しんだとされる「撰集抄」巻三、第一松嶋上人事に、西行が能登にいた時に、人里離れた、岩の険しい、荒磯のほとりに庵を結び、修行に励む一人の僧に出会い、慕わしく思って声を掛けた。これが見仏聖であった。この聖はいつもここにいるのではなく、松島と行き来しているという話であった。後日西行は松島を訪ね、聖人が住した寺に二か月ほど滞在し、上人を偲んだとある。芭蕉はこの話を思い浮かべて「彼《かの》」と言ったのであろう。瑞巌寺の「金壁荘厳光を輝」という、壮麗な大伽藍の背後に、その昔の、見仏聖や西行が閑居したといわれる、清閑でもの寂びた寺はどこかと慕い求めたのである。

ついで、芭蕉は、平泉を訪れた。「おくのほそ道」では、

三代の栄耀《ええう》一睡の中《うち》にして、大門《だいもん》の跡は一里こなたにあり。秀衡《ひでひら》が跡は田野《でんや》に成《なり》て、金鶏山《きんけいざん》のみ形を残す。先高館《まづたかだち》にのぼれば北上川《きたかみがは》、南部より流るゝ大河也。

衣川《ころもがは》は和泉《いづみ》が城《じやう》をめぐりて、高館の下《もと》にて大河に落入《おちいる》。泰衡《やすひら》等が旧跡は、衣《ころも》が関《せき》を隔《へだ》て、南部口をさし堅め、夷《えぞ》をふせぐとみえたり。偖《さて》も、義臣すぐつて此城《このしろ》にこもり、功名一時の叢《くさむら》となる。「国破れて山河あり、城《しろ》春にして草青みたり」と、笠打敷《かさうちしき》て、時のうつるまで泪《なみだ》を落し侍りぬ。

夏草や兵《つはもの》どもが夢の跡

卯の花に兼房《かねふさ》みゆる白毛《しらが》かな　曾良

とある。

平泉は、岩手県南部の、北上川と衣川との間にある町であり、今も中尊寺の金色堂と経蔵が残っている。「三代の栄耀」とは、奥州藤原氏の清衡《きよひら》（一一二八没）、基衡《もとひら》（一一五七没）、秀衡《ひでひら》（一一八七没）の三代をさす。都の文化を奥州に取り入れ、中尊寺を建立するなど、平泉文化を築いた。政治的にも鎮守府将軍・陸奥守として権力を誇った。しかし、秀衡の没後、その子ども達は義経をめぐって対立し、頼朝に寝返った嫡子泰衡《やすひら》に襲撃された義経は自害した。しかし、その泰衡も頼朝に滅ぼされた。芭蕉は、藤原三代の栄華の夢と義経をめぐる悲劇を回顧し、義経の居館のあった高館で、悠久の歴史の中における人間の儚さを「夏草や兵どもが夢の跡」と句に詠じた。曾良も、咲き乱れる卯の花を見て、義経を守り奮戦して悲劇の最後を飾った兼房を思い浮かべ「卯の花に兼房見ゆる白毛かな」と詠んだ。

ところで、「西行物語」によると、この平泉へは西行も訪れており、秀衡と対面している。

いづれをわきて眺むべしともおぼえずして行くほどに、出羽《では》・陸奥《むつ》両国を従へ、平泉といふ所に住み侍りける秀衡《ひでひら》とて威勢の者侍りけり。かねてより、和歌の道なほざりならず好き侍る由《よし》聞きしほどに、かしこへ尋ね行きたりければ、秀衡喜び対面して、わが先祖より今に至るまで、西行に疎《うと》からぬ事など語りて、世の常ならずもてなしけり。

西行は、二十七歳頃と六十九歳頃に陸奥を訪れたとされる。二回目の時は、焼打ちされた東大寺再興の砂金勧進のためと言われている。

西行の平泉にかかわる歌には「山家集」に次のものが採られている。長い詞書がある。

十月十二日、平泉にまかり着きたりけるに、雪降り、あらし烈しく、ことのほかに荒れたりけり、いつしか衣河見まほしくて、まかり向ひて見けり、川の岸につきて衣河の城しまはしたることがら、やう変りて、ものを見る心地しけり。汀《みぎは》氷りてとりわき冴えければ

とりわきて心もしみて冴《さ》えぞわたる衣河みにきたる今日《けふ》しも

陸奥《みち》の国《くに》に、平泉に向ひて、束稲《たわしね》と申す山の侍《はべる》に、異《こと》木は少《すくな》きやうに、桜の限り見えて、花の咲きたりけるを見てよめる

聞きもせず束稲山《たわしねやま》のさくら花吉野のほかにかゝるべしとは
奥に猶《なほ》人見ぬ花の散らぬあれや尋《たづ》ねを入らん山ほとゝぎす

などである。「束稲山」は、岩手県平泉町、奥州市、一関市の境界に位置する山で桜の名所である。

「西行法師家集」では、

奈良の僧、咎《とが》の事によりて、あまた陸奥国へつかはされたりしに、中尊と申所にまかりあひて、都の物語《がたり》すれば涙流す。いとあはれなり、かゝることは有がたき事なり、命あらば物語《がたり》にもせんと申て、遠国述懐と申事をよみ侍《はべり》しに

涙をば衣川にぞ流しける古き都を思ひ出でつゝ

とある。「咎の事」とは、康治元年（一一四二）八月三日、奈良の興福寺の僧十五人が陸奥に流された事件をさす（藤原頼長「台記」）。「中尊」とは中尊寺のことである。「古き都」とは、平城京をさす。西行が、流された興福寺の僧達に中尊寺で巡り合って、都の話をした時、僧達が涙を流して都を懐しんだという歌である。

芭蕉は、「西行物語」や「山家集」「西行法師家集」などから、西行と平泉の繋がりを知り、平泉を訪ねることにしたのではなかろうか。平泉訪問も西行への思慕の情のあらわれであった。

芭蕉は奥羽山脈を横断し、出羽三山を越えて最上川を下り酒田へ出て象潟《きさがた》を訪れ

た。「おくのほそ道」の三大景勝地といわれるのは、松島、平泉、そして象潟である。象潟は現在の秋田県にかほ市象潟町である。「奥細道菅菰抄」（蓑笠庵梨一《さりゅうあんりいち》著　安永七年刊）には「象潟は羽州由利郡に在。日本十景のうちにして当国第一の名所、佳景の地、八十八潟、九十九森ありと云伝ふ」とある。また、「和漢三才図絵」（寺島良安著　正徳二年自序）にも、「凡《およそ》九十九島、八十八潟有り。海辺無双、松島に亜《つ》ぐ」（原漢文）とある。芭蕉が、この象潟を訪れたのは、最上川の河口に位置する、江戸時代、庄内米を積み出した日本海有数の港町、酒田（現、山形県酒田市）に滞在中である。「おくのほそ道」には、

江山水陸の風光数を尽《つく》して、今象潟に方寸《はうすん》を責《せむ》。酒田の湊より東北の方、山を越《こえ》、礒《いそ》を伝ひ、いさごをふみて、其際《そのさい》十里、日影やゝかたぶく比《ころ》、汐風真砂《しほかぜまさご》を吹上《ふきあげ》、雨朦朧《もうろう》として鳥海《てうかい》の山かくる。闇中《あんちゆう》に莫作（模索）して「雨も又奇也」とせば、雨後の晴色又頼母敷《たのもしき》と、蜑《あま》の苫屋《とまや》に膝《ひざ》をいれて、雨の晴《はるる》を待《まつ》。其朝《そのあした》天能霽《よくはれ》て、朝日花やかにさし出る程に、象潟に舟をうかぶ。先能因島《まづのういんじま》に舟をよせて、三年幽居の跡をとぶらひ、むかふの岸に舟をあがれば、「花の上こぐ」とよまれし桜の老《おい》

木《き》、西行法師の記念《かたみ》をのこす。（略）

「能因島」とは、能因法師が住んでいたと伝える湾内の島。「『花の上こぐ』とよまれし桜の老木」とは、西行が詠んだと伝えられる歌、

象潟の桜はなみに埋《うづも》れてはなの上こぐ蜑《あま》のつり船

の桜で、象潟蚶満《かんまん》寺境内にあったとされる。

この歌は、象潟にかかわる発句や紀行文、歌仙などを集めた、不玉編「継尾集《つぎおしゆう》」（元禄五年刊）に採られた芭蕉の句「ゆふばれや桜に涼む波の花」の前書に見える。また、曾良の「おくのほそ道」の旅で作られた発句や連句を記録した「俳諧書留」に、この句が「夕に雨止て、船にて潟を廻ル」という前書を付して記されている。

芭蕉は、この「西行法師の記念」の桜を見て、西行と心を一つにしたことであろう。「おくのほそ道」には、「ゆふばれや」の句は出てこない。あえて、表には出さず、心に秘めたのである。

しかし、この象潟も文化元年（一八〇四）の出羽大地震で地盤が隆起して湾が陸地になってしまって、現在に至っている。

芭蕉は、六月二十五日、酒田を後にして日本海沿いに南下し、大山、温海、中村、村上、築地を経て、七月二日に新潟、さらに、弥彦、出雲崎、鉢崎、直江津、高田、親知らず、子知らずを過ぎて、十二日、市振に着いた。市振は現在の新潟県糸魚川市市振で、富山県との県境の町である。芭蕉は、次のように記している。

今日は親知らず・子しらず・犬もどり・駒返《こまがへ》しなど云《いふ》、北国一の難所《なんじよ》を越《こえ》てつかれはべれば、枕引《ひき》よせて寐《いね》たるに、一間隔《ひとまへだて》て面《おもて》の方《かた》に、若き女の声二人計《ばかり》ときこゆ。年老《おい》たるおのこの声も交《まじり》て物語するをきけば、越後の国新潟《にひがた》と云《いふ》所の遊女成《なり》し。伊勢参宮するとて、此《この》関までおのこの送りて、あすは古郷《ふるさと》にかへす文《ふみ》したゝめて、はかなき言伝《ことづて》などしやる也。白浪《しらなみ》のよする汀《なぎさ》に身をはふらかし、あまのこの世をあさましう下《くだ》りて、定めなき契《ちぎり》、日々の業因《ごふいん》、いかにつたなしと、物云《いふ》をきく〳〵寐入《ねいり》て、（略）

一つ家《や》に遊女もねたり萩と月

曾良にかたれば、書《かき》とゞめ侍る。

市振に着いた芭蕉は親知らず、子知らずといった北国一の難所を越えて疲れたので、宿ですぐに寝たところが、一間おいた表の方の部屋で、二人の若い女性の声を聞いた。年取った男の声も交じって話し合っているようだった。その女達は、越後の国新潟の遊女らしく、伊勢参宮をするというわけで、この市振まで男が送ってきていたのだった。明日は別れるので、故郷への手紙を書いたり、言伝などをしている様子だった。白波の打ち寄せる浜辺の町に身を落とし、この世を落ちぶれて、夜ごとに変わる客と契りを交わし、こんな毎日を送る前世の所業はどんなに罪深いものだったのだろうと語り合っているのを聞いているうちに芭蕉は寝入ってしまった。

翌朝、芭蕉達は遊女らに同行を頼まれたが、それを断って出発した。芭蕉は「一つ家に」の句を詠んで曾良に語ったところ、この句を書きとどめたというのである。

この章は、きわめて物語的な趣きのある場面が展開する。「曾良に語れば書きとどめはべる」とあるが、曾良の「随行日記」や旅中の発句を書き留めた「俳諧書留」にも、

「一つ家に」の句は出てこない。また「おくのほそ道」以前の諸集にも見えないので、「おくのほそ道」執筆時の作句と考えられている。

この章については、「撰集抄」の影響が指摘されている。江口の遊女については、「撰集抄」（岩波文庫版）巻五　第一一　江口柱本尼連歌事と巻九　第八　江口遊女歌之事の二箇所に登場する。前者は、西行と仮託された僧が、ある聖と西国へおもむいた時、江口柱本などと云う遊女の住処を見て、あるじの尼と連歌をする話である。特に「撰集抄」の「心は旅人のしばしの情を思ふさま、さもはかなきわざにて、さても空しく此世をさりて、来世はいかならん。是も前世の、遊女にてあるべき宿業の侍りけるやらん」の箇所が、「おくのほそ道」の「定めなき契り、日々の業因いかにつたなし」の表現に影響を与えているとの指摘もある。

後者は、西行に仮託された僧が、江口というところを通り過ぎた時、時雨に会い、雨宿りを頼んだところ、あるじの遊女が許しそうでなかったので、歌を詠みかけたところ、その遊女が返歌をして家へ入れてくれた。そこで一夜を語り明かし、再会を約して別れた。約束の月に都合で行けなかったので、歌をおくった。返事の歌が来たが、尼になった旨が記してあった。その後も尋ねたいと思っていたが、その尼になった遊女はいつのまにか、亡くなってしまっていたという話である。

この巻九、第八の話が、「おくのほそ道」の市振の章のストーリーを思い付く切っ掛けになったのではなかろうか。「撰集抄」の、

よもすがら、なにとなき事ども語りし中に、此遊女の云やう、「いとけなかりしより、かゝる遊女となり侍りて、とし比《ごろ》、そのふるまひをし侍《はべれ》ども、いとけなく覚えて侍り。女はことに罪ふかきとうけ給はるに、このふるまひをさへし侍る事、げにさきの世の宿習《しゆくしう》のほど、おもひ知られ侍りて、うたてしく侍りしが、（略）いままでつれなくてやみぬるかなしさよ」

と語る「あるじの遊女」の話を、市振の宿での二人の遊女の話に置き換えたのではなかろうか。

さらに、七月二日に新潟に泊っているが、そのことも影響しているのではなかろうか。「奥細道菅菰抄」（蓑笠庵梨一）に、「新潟は越後の国、蒲原郡、海辺の町場にて、信濃川（信州にては筑摩川と云）奥州会津の大河落合、運送の便よく、当国第一の大湊、

繁華の地なり」とある。「諸国色里案内」（空也軒一夢著）にも「にいがた、なるほどゆたかなるみなとにて、小うたしやみせんあり。しゅらい（遊里の諸勘定代）百文、三百文までなり」とある。「申ノ上刻」（午後三時から五時の間）に、新潟に着いているが、繁華な港町であり、色町もあって遊女のことなども思い浮かべたりしていたのではなかろうか。そんな思いが、「撰集抄」の「江口の遊女」を想起し、物語化したのではないか。

「一つ家に」の句の「萩」は、薄幸の遊女を、「月」は芭蕉自身であると共に、遊女を見守る西行の目差ではなかったか。

芭蕉はさらに日本海沿いを南下した。そして訪ねた西行縁の名所は、「汐越《しおこし》の松」である。「おくのほそ道」には次のように書かれている。

越前の境《さかひ》、吉崎《よしざき》の入江を舟に棹《さをさ》して、汐越《しほこし》の松を尋ぬ。

終宵《よもすがら》嵐に波をはこばせて
　月をたれたる汐越の松　　西行

この一首にて数景尽《つき》たり。もし一弁《いちべん》を加《くはふ》るものは、無用の指を立《たつ》るがごとし。

「吉崎の入江」は、今の福井県あわら市吉崎を北端として、南西に入りこんだ入江で、北潟湖をさす。

「奥細道菅菰抄」に「吉崎の入江に渡舟あり。〈浜坂のわたしと云〉此江を西へわたりて、浜坂村に至る。それより汐越村をこえ、砂山を五、六町ゆけば、高き丘あり。上平らかにして広く、古松多し。其の下は、外《と》海のあら磯にて岩の間〳〵にも、亦松樹あり。枝葉愛すべし。此辺の松をなべて汐こしの松と云。〈一木にはあらず〉今も高浪松が根をあらひて、類稀なる勝景なり」とある。つまり、「汐越の松」は、吉崎の対岸の福井県あわら市浜坂の日本海に面した砂丘一帯の松をいう。

「日本歴史大系　福井県の地名」（平凡社）所載の「越前国名勝志」には、「砂山ニ有シ一本ノ松ヲ云ヒシガ、今ハ昔ノ松ハ枯失、其辺ノ松ヲ都《スベ》テ云ヒナラハシ」とある。現在の「汐越の松」とされる松は、ゴルフ場に隣接していて、「奥の細道汐越の松遺跡」の碑が建っており、その昔の面影はない。

西行の「よもすがら」の歌は、一晩中、嵐によって打ち寄せてくる潮しぶきを浴びている汐越の松の梢から、滴り落ちる雫に、月光が映えて、月が滴っているようだというのである。波しぶきを浴びて月光を映発している松の景が比喩的に詠まれている。芭蕉は、この西行の歌で、汐越の松のすばらしさは言い尽されているとし、これに、一言でも付け加える者があれば「無用の指を立つるがごとし」でむだなことだと言うのである。自分の句をあげず、西行の歌を以ってそれに換えている。西行への私淑ぶりと敬慕のほどがよくわかる章である。

ただし、この西行作とされる「よもすがら」の歌は、実際は、文明七年（一四七五）の蓮如上人の作とされているが、当時一般に西行の歌とされており、芭蕉もそう信じていたのである。

次に訪ねた西行ゆかりの地は、「種の浜《いろのはま》」である。現在の福井県敦賀市色の浜で、敦賀湾の西北端にあたる。「おくのほそ道」には次のように記している。

十六日、空霽《はれ》たれば、ますほの小貝《こがひ》ひろはんと、種《いろ》の浜《はま》に舟を走《は》す。海上《かいしやう》七里あり。（略）浜はわづかなる海士《あま》の小家《こいへ》にて、侘《わび》しき法花寺《ほつけでら》あり。爰《ここ》に茶を飲《のみ》、酒をあたゝめて、夕ぐれのさびしさ、感に堪《たへ》たり。

寂しさや須磨にかちたる浜の秋

波の間や小貝にまじる萩《はぎ》の塵《ちり》
その日のあらまし、等栽《とうさい》に筆をとらせて寺に残す。

十六日とは、八月十六日のことである。「ますほの小貝」は、若狭湾に産する薄赤色の浅蜊を小さくしたような貝である。「奥細道菅菰抄」には「其貝は皆うつせ貝〈みのなき貝を云〉にて、朱貝・紅《べに》貝・山椒貝などといふ類の赤き貝を、ますう貝と云也」とある。芭蕉はこの貝を門友へのみやげにしたと言われている。（志田義秀『奥の細道・芭蕉・蕪村』〈修文館〉所載の「芭蕉と旅の土産」）

ところで、「山家集」に次のような西行歌がある。

潮染《しおそ》むるますほの小貝拾ふとて色《いろ》の浜《はま》とはいふにやあるらん

歌意は、潮を染める薄紅色のますほの小貝を拾うというところから、色の浜というのであろうかというのである。「色の浜」は、「おくのほそ道」の「種《いろ》の浜」のことである。曾良の「随行日記」にも「色浜」と書かれており、両方の書き方があったのであろう。

「ますほの小貝拾はん」という表現は、この西行の歌にもとづいている。芭蕉は薄紅色の「ますほの小貝」を拾いながら、西行を偲んでいるのである。四十六歳の芭蕉が海岸をさまよいながら、貝を拾う姿には何か狂わしいものを感じる。

「寂しさや」の句では、「源氏物語」の須磨の巻の「須磨にはいとど心づくしの秋風に、海はすこし遠けれど、行平の中納言の関吹き越ゆるといひけむ浦波、夜夜はげにいと近く聞えて、またなくあはれなるものは、かかる所の秋なりけり」を念頭におきながら、また、「笈の小文」でも、須磨について「かゝる所の秋なりけりとかや。此浦の実《まこと》は、秋をむねとするなるべし。かなしさ、さびしさいはむかたなく、秋なりせば、いさゝか心のはしをもいひ出《いづ》べき物をと思ふぞ、我心匠《わがしんしやう》の拙なきをしらぬに似たり。」と記しているが、そうした須磨の寂しさよりも、種の浜の秋の海辺のもの寂しい風景の方に心を打たれるというのである。

また「波の間や」の句の「小貝」は、「ますほの小貝」のことで、句意は、西行が詠んだ美しい「ますほの小貝」が、種の浜に寄せては返す、さざ波の絶え間に、萩の花屑と混じり合っているのは、趣きがあるというのである。

両句ともに、この種の浜への思いが西行ゆえに深いものとなっている。北国の風土への思いは、この西行への思慕の情を通してより深まっていった。

さらに、「その日のあらまし、等裁《とうさい》に、筆をとらせて寺に残す。」とあるが、文中の「法花寺《ほっけでら》」（日蓮宗の寺院、本隆寺）に、懐紙が伝存する。等裁は、洞哉のことで、福井俳壇の古老。芭蕉とは旧知の間柄であった。

懐紙は次のようなものである。

気比の海のけしきにめで、いろの浜の色に移りて、ますほの小貝とよみ侍りしは、西上人の形見成けらし。されば、所の小はらは（童）まで、その名を伝えて汐のまをあさり、風雅の人の心をなぐさむ。下官《やつがれ》年比《ごろ》思ひ渡りしに、此たび武江芭蕉桃青、巡国の序《ついで》、このはまにまうで侍る。同じ舟にさそはれて、小貝を拾ひ袂につゝみ、盃にうち入なんどして、彼《かの》上人（西行）の、むかしをもてはやす事になむ。

越前ふくゐ洞哉書

小萩ちれますほの小貝小盃　桃青

元禄二仲秋

なおこの懐紙は軸にしてあり、事前に寺へ依頼しておけば、閲覧させてもらえる。

この「小萩ちれ」の句は「おくのほそ道」の「波の間や」の句の初案と見られている。

さらに、本隆寺の境内には、芭蕉の句碑が三基ある。

小萩ちれますほの小貝小盃
衣着て小貝拾わんいろの月
浪の間や小貝にまじる萩の塵

本隆寺は、昔の面影をそのままに残す、閑寂でものさびた寺である。

芭蕉が「おくのほそ道」の旅の結びの地、美濃の大垣に八月の下旬、二十一日には着いていたとされる。

路通が敦賀の港まで出迎えてくれて、共に大垣に着いた。曾良も伊勢から来合わせた。越人《えつじん》（名古屋の商人、蕉門）も駆け付けた。芭蕉は、もと大垣藩士で、大垣俳壇の中心的存在の一人である、如行《じょこう》の家に厄介になった。親しい人々が、日夜訪ねてくれて、生き返った者に会ったように無事を喜んだり、疲れをいたわってくれたりした。

しかし、

旅の物うさもいまだやまざるに、長月六日になれば、伊勢の遷宮おがまんと、又舟にのりて、

蛤《はまぐり》の　ふたみに　わかれ行秋ぞ

と、旅の疲れもまだ回復しないうちに、またまた旅心が芽生えた。九月六日に、伊勢神宮の遷宮を拝もうと、大垣市内の船町の川湊から舟に乗って水門《すいもん》川を下り、揖斐《いび》川へ出て伊勢へ向かった。この船着場は、「国名勝おくのほそ道の風景地　大垣船町川湊」として、保存されており、今も川舟が舫っている。

「おくのほそ道」の旅は、三月末の晩春に深川から千住までは舟で、そこからは陸路を旅へと出発した。その時、別れにのぞんで「行春や鳥啼《なき》魚の目は泪」の句を残した。今、大垣を去るにあたって、「蛤のふたみにわかれ行《ゆく》秋ぞ」の句を残した。「船をあがれば」と「舟に乗りて」、「行春」と「行秋」との如く、それぞれを対比させ、首尾を照応させている。

「蛤の」の句は、蛤がふたと身に分かれるように、親しい人々と別れて、伊勢の二見浦へ出発することになったが、秋も逝こうとする今、寂しさがひとしお身に沁みるというのである。

二見浦（三重県伊勢市二見町）は、伊勢神宮に参拝する人達が、身を祓い清める地であり、参拝者の宿泊地でもあった。しかし、芭蕉が二見浦を訪れたのは、そのためばかりではない。それは、西行が庵を結んでいた所だからである。「西行物語」に、

いづくもつひの住みかならねば「かたじけなくも天照御神《あまてるおんかみ》の庭に侍りて、後世《ごせ》菩提《ぼだい》の事を祈り申さばや」と思ひて、「同じくは、名にし負ふ所なれば」とて、二見浦《ふたみのうら》に庵を結びて

とある。さらに、

さてもこの所にやすらひて、すでに三年《みとせ》あまりにもなりぬ。心ざしたりし東《あづま》の方《かた》もゆかしければ、「命のほども知りがたし」とて、すでに出でむとするに、

とある。「西行物語」では、二見浦に庵を結んで、三年後に東国へ出掛けたことになっているが、実際は、治承四年（一一八〇）から文治二年（一一八六）までの六年間であったようである。（目崎徳衛「西行」〈吉川弘文館〉の略年譜による）西行晩年の六十代にあたる。

また、「山家集」には次のような歌がある。

今ぞ知る二見《ふた》の浦の蛤《はまぐり》を貝合《かひあわせ》とておほふなりけり

「二見の浦」の「ふた」には、「蓋」と「身」が掛けてある。芭蕉の「蛤の」句も、

この歌をふまえているとされる。

さらに、芭蕉が使用していた文台《ぶんだい》（俳席の懐紙や短冊などを載せる小さな机）は、「二見形文台《ふたみがたぶんだい》」といわれる。西行が二見浦で扇を文台にしたという故事によるもので、表に二見浦の夫婦岩の図と松を描いた扇面の墨絵、裏に芭蕉の句「うたがふな潮のはなも浦の春」が書かれている。

以上のことからも、芭蕉の西行への思いの程がわかる。

「おくのほそ道」の冒頭、旅立ちにあたり、「上野谷中《やなか》の花の梢、またいつかはと心ぼそし」も「かしこまるしでに涙のかゝるかな又いつかはと思ふあはれに」（山家集）という西行の歌を心に置きながら記しているが、「おくのほそ道」の最後の場面でも「今ぞ知る」という西行の歌を踏まえて、「蛤の」の句を詠むなど首尾を一貫させている。

「おくのほそ道」の旅で、芭蕉が訪れた歌枕や名所は、西行ゆかりのものが多い。この旅そのものが、西行の跡を慕う漂泊の旅であったのではないか。芭蕉はこの漂泊の旅を通して西行と一体化したのではなかろうか。

ところで、芭蕉が「おくのほそ道」の旅を終えた翌年の、元禄三年（一六九〇）一月二日付の、滞在中の近江の膳所から荷兮《かけい》（尾張国名古屋の人。尾張蕉門の中心人物。）

宛に出した書簡の末尾に、

四国の山ぶみ、つくしの船路《ふなぢ》、いまだこゝろさだめず候。

と記している。四国の山をめぐろうか、九州方面を船旅をしようか、まだ心を決めていませんというのである。「おくのほそ道」の旅から去年の八月に戻って以来、一年も経たずして、四国、九州へ足を伸ばそうとしていたことがわかる。廣田二郎氏は、「西行の四国・九州の旅を意識し、その遺跡を行脚しようと志向していた」とされる。（「芭蕉と古典」明治書院）

しかし、元禄三年（一六九〇）四月十日付如行宛の書簡には、

持病下血《げけつ》などたびく、秋旅《あきたび》、四国・西国もけしからずと、先おもひとゞめ候。

とある。この書簡は、大津の幻住庵から出したものであるが、「持病下血」とは、持病の痔による出血をいう。そのため、秋の四国や九州への旅を思いとどまったという

のである。

さらに、元禄四年（一六九一）九月二十三日付槐市《かいし》・式之《しきし》宛書簡の追伸には、

　尚々、九州四国之方一見《いつけん》残し置候間、何とぞ来秋中《ちゆう》にも又ゝ江戸ヲ出可申《いでもうすべき》覚悟、不定《ふぢやう》ながら御待被成可被下《まちなされくださるべく》候。各々様《おのおのさま》風雅、其内《そのうち》御修行御上可被成《おんあがりなさるべく》候。

とある。「槐市・式之」は二人とも伊賀国上野の人で、藤堂新七郎家の家臣である。滞在していた義仲寺から、出している。九州・四国を見残しているので、来年の秋のうちにでも、江戸を出立する覚悟でいるというのである。

しかし、この九州・四国への旅は実現しなかった。元禄七年（一六九四）五月江戸出発の最後の旅にあって、十月十二日大坂で病気のため、亡くなってしまった。芭蕉の漂泊への思いは、止むことがなかった。その思いには、常に西行がいた。

ところで、「去来抄」によると、「おくのほそ道」の旅での体験によって蕉風が確立し、その年、元禄二年（一六八九）の冬に不易流行の教えが説かれたとする。

魯町曰く「先師も基より出でざる風侍るや」。去来曰く「奥羽行脚の前はまゝあり。此行脚の内に工夫し給ふと見へたり。」（略）「此年の冬、初めて不易流行の教を説き給へり」。（修行）

とある。「此年の冬」とは、芭蕉が「おくのほそ道」の旅を終えた元禄二年（一六八九）の冬をさす。確かに芭蕉は「おくのほそ道」の旅の途中、羽黒参籠の際の呂丸《ろがん》の聞書などを竹童が編述したとされる「聞書七日草《ききがきなぬかぐさ》」（享保頃成る）には、

花を見る、鳥を聞く、たとへ一句にむすびかね候とても、その心づかひ、その心《ここ》ち、これまた天地流行の俳諧にておもひ邪《よこしま》なき物也。（略）変化を以てこのみちの花と御心得なさるべく候也。ここに天地固有の俳諧あり。

（略）

世上の流行によくながれわたり、是《これ》におかされ申さざる物を、名句・名人と申《まうす》げに候。

など、後の不易流行の原型のようなものが、見られる。

ちなみに、呂丸は、出羽国羽黒の門前町手向村《とうげむら》の染物師。出羽三山を巡歴した芭蕉と曾良の案内役を努め、以後蕉門となった人物である。竹童は、出羽国藤沢の人で呂丸門である。

さらに、「おくのほそ道」の旅にあった芭蕉を、金沢で出迎えた北枝《ほくし》（金沢の刀剣の研師、芭蕉を出迎えて入門）が、芭蕉に随伴して、山中温泉に赴き、その地で芭蕉の俳談を書き留めた「山中問答」（嘉永三年か文久二年刊）には、

蕉門正風の俳道に志あらん人は（略）天地を右にし、万物山川草木人倫の本情を忘れず、飛花落葉に遊ぶべし。其姿に遊ぶ時は、道古今に通じ、不易の理を失はずして、流行の変に渡る。しかる時は、志寛大にしてものに障《さは》らず。けふの変化を自在にし、世上に和《わ》し、人情に達すべし、と、翁申給ひき。


とある。

芭蕉は、西行を中心とした古人の足跡や歌枕、名所などを訪ねる旅にあって、古典

的世界に浸り、有為転変する自然や人間の諸相に触れることが出来た。それと共に、そこには、時代を越え、ジャンルを越えて、一貫する、魂に輝きを与える深い感動があることにも思い至った。これが「不易」である。その感動を呼ぶ具体的な吐露が「流行」なのであり、その吐露が句となって結実するのである。

芭蕉はこの不易流行という理念を「おくのほそ道」の旅にあって見出した。そして、旅行後、元禄二年（一六八九）冬から門人達に「教《をしへ》」として説くことになったのである。

芭蕉の漂泊への思いは止むことがなかった。その思いには、常に漂泊の歌僧としての西行のイメージが重なっていた。

芭蕉は、漂泊の旅によって自己の人生を深め、自らの句を磨いたのである。それは、荘子の「無何有之郷」へより近づくためであった。

(2)「風狂」に学ぶ

芭蕉は、「無何有之郷」の境地を、「漂泊」と「風狂」による、俳諧的姿勢によって求めようとした。具体的には、「漂泊」は行脚の旅によって、「風狂」は、芭蕉庵における、日常生活の俳諧的展開に求めた。「漂泊」は西行から、「風狂」は増賀上人から学んだものである。ここでは、「風狂」について、芭蕉はどのように学んだかを見てみたい。

「風狂」とは、世俗的、日常的な規範や慣習よりも、俳諧を追及する精神に、より高い価値を見出そうとするものである。名利を捨て、風雅に生きることによって俳諧に没入することである。いわば俳諧至上主義の精神である。芭蕉の風狂の精神を、「あつめ句」から見てみたい。

「あつめ句」は、貞享四年（一六八七）の秋に成ったものである。貞享四年八月に、常陸の鹿島へ月見に出掛けた時の紀行文である、「かしまの記」（「鹿島詣」「かしま紀行」とも）と一対にして、門人の杉風《さんぷう》に贈ったものである。三十四句を自撰自書し、巻子本一巻にまとめた。その句は、天和元年（一六八一）から貞享四年（一六八七）までのものである。四季別に配列されていて、芭蕉庵での四季の生活がよくわかる構成になっている。門人とはいえ、いろいろと援助を受けている杉風に、芭蕉庵での生活の様子を伝えて、感謝の気持ちを表わしたかったのであろう。

「あつめ句」の中から、四季ごとに主な句を見てみよう。

春の句より。

① るすにきて梅さへよそのかきほかな

この句には、次のような前書が付されている。

あるひとのかくれがをたづね侍るに、あるじは寺に詣でけるよしにて、とし老たるおのこ、独庵《ひとり》をまもりゐくらしける。かきほに梅さかりなりければ、これなむあるじがほなりといひけるを、かのおのこよ所《そ》のかきほにてさふろふと云《いふ》をきゝて

である。

前書によってその成立の事情がよくわかる。ある人がひっそりと隠れ住んでいると

ころを訪ねたが、年老いた下僕が一人留守番をしていて主人はお寺へ詣《もう》でていて、留守だと言った。それで、垣根に梅が盛んに咲いており、いかにも主人然としているので、この梅を主人代りに眺めようと言うと、留守番をしていた下僕は、この梅は、隣りの垣根の梅ですと言ったというのである。

季語は梅で春。句意は、ある人を訪ねてきたが、留守だったのでがっかりした。代りに垣根の梅を主人がわりに眺めようと思ったら、その梅までもが、隣の垣根の梅だったと言うのである。まるで、落ちのある笑い話である。

この句は、漢詩の伝統的主題である「訪友不遇」にもとづいた句であるとされる。しかし、この句は、主人と会えなかっただけでなく、梅までもが隣家のものであったところに二重の落差があって笑いが湧くのである。芭蕉は期待はずれで口惜く思ったり、興ざめな体験をしたわけではない。そうした状況を大きく包み込んで、二重の落差にはまっている自分を余裕を持って楽しんでいるのである。そこに、風狂に戯れる自分を見ている芭蕉がいる。

②　ふるはたやなづなつみゆくおとこども

季語は「なづな」で春。漢字では「薺」である。ペンペングサともいう。

薺は春の七草の一。古来、七草は、若菜として正月七日に摘まれ、邪気を払い、万病を除くということで、あつものにしたり、粥に入れたりして食べた。今も、「七種粥《ななくさがゆ》」として、正月七日に食されている。他の若菜は入れなくても、薺だけは入れている。

薺は、「枕冊子」（日本古典全書　朝日新聞社）に採り上げられている。六十三段「草は」に「山菅《すげ》。日かげ。山藍《やまあゐ》。濱木綿《はまゆふ》。葛《くず》。笹。青つづら。薺。苗。浅茅、いとをかし」とあり、薺は「いとをかし」なるものの中に入っている。

また、薺は万葉集には見えないが、平安末期頃成立の曾根好忠の歌集「曾丹集《そたんしゆう》」に「庭の面《おも》になづなの花の散りかふと春まで消えぬ雪かとぞ見る」という歌に見える。

句意は、荒れた古畑を男達が、薺を摘みながら通っていくよというのである。

薺をはじめとする若菜を摘む様は、古今集や小倉百人一首に採られている、光孝天皇の「君がため春の野にいでて若菜摘むわが衣手に雪は降りつつ」や同じく古今集の紀貫之の歌「春日野の若菜摘みにや白妙の袖ふりはへて人のゆくらむ」などのように、雪間に見える、みずみずしい緑の季節感、美しい衣裳で若菜を摘みにゆく、貴公子や女官など王朝的で優美な情趣などを想起させる。しかし、芭蕉の句は、「春の野」や「春日野」ではなく、荒れた「古畑」である。また、薺を摘みに行く人物も、美しい衣裳をまとった貴人ではなく、無骨さを思わせる男である。王朝的なものを庶民的な薺摘みに置き換え、そのギャップに芭蕉は俳諧性を見ているのである。

この男の一人は、風狂に戯れている芭蕉自身かもしれない。

③ さとのこよ梅おりのこせうしのむち

季語は「梅」で春。句意は、山里の子ども達よ、牛を追う鞭にする梅の枝を、自分のぶんも残しておいて欲しいと言うのである。

前書に「里梅《さとのうめ》」とあるので、この梅は山里の梅であろう。山里の梅は野趣豊かで、俳諧を嗜むものには格好のテーマであり、風流心を芽生えさせるものである。しかし、この句の「梅折り残せ」とは、風流心を味わうために、梅の枝を残しておいて欲しいということではない。自分も子ども達と同じように、牛を追うための鞭としたいので、梅の枝を残しておいて欲しいと言うのである。村童達と同じように牛を追いたいのである。梅の枝を風流なものとして鑑賞するのでなく、牛を追う鞭とするのである。それは、子どもの心になって牛と戯れる、羽目を外した男の姿である。そこに風狂の姿が展開するのである。

「里梅」と前書を付したのは、「里梅」こそが、風狂の世界にふさわしいと考えたからであろう。

嬉々として牛を追い回す自らの姿を思い浮かべて楽しんでいるのである。

夏の句より。

④　酔て寝むなでしこ咲《さけ》る石の上

「なでしこ」は、秋の七草の一とされる。万葉集巻八に「山上臣憶良の秋の花を詠む歌二首」と題する歌があるが、その一首目は「秋の野に咲きたる花を指折《および》かき数ふれば七種《ななくさ》の花」、二首目は「萩の花尾花葛花なでしこが花をみなへしまた藤袴朝顔が花」である。これによって「なでしこ」は秋の七草となった。

しかし、同じ巻八で、大伴家持が紀郎女《きのいらつめ》に贈った歌に「なでしこは咲きて散りぬと人は言へど我が標《し》めし野の花にあらめやも」というのがあるが、この歌は「夏相聞」に分類されていて、夏の風物である。

日本最初の分類体の漢和辞書で、源順が著して承平年中（九三一～九三八）に撰進した「倭名類聚抄《わみょうるいじゅうしょう》」（元和三年古活字版二十巻本）には、「『瞿麦』本草云瞿麦一名大蘭和名奈天之古《ナテシコ》一名止古奈豆《トコナツ》」とある。「なでしこ」は「瞿麦」と書き「トコナツ（常夏）」とも言ったということがわかる。

松江重頼撰の俳諧作法書「毛吹草《けぶきぐさ》」（正保二年刊）の俳諧四季之詞六月の項に「うち野撫子・鷺撫子・川原撫子・冨士撫子」があがっている。「なでしこ」は「撫子」とも書いた。同じく「題目録」の夏部の「常夏、付撫子、同石竹」の項に次のような発句があげられている。「撫子の露やこうじて玉かつら　休音」「なでしこを肩にのせたる岩ほ哉　以一」「撫子が名のる名字《みやう》は河原かな　岑松」などである。

一般的に、「なでしこ」あるいは「やまとなでしこ」と呼ばれるものは「かわらなでしこ」のことである。「広辞苑」には、「高さ数十センチメートル。葉は線形。八～九月頃、淡紅色の花を開く。花弁は五枚で上端が深く細裂」とある。「かわらなでしこ」

と呼ばれるのは、岩場や河原に多く見られるからだといわれる。「毛吹草」の発句の「撫子」も、岩や河原のイメージと結びついているようである。花期も長く、夏から秋にかけて咲く。季語としては、現行の歳時記類でも、秋の部にあげているもの、夏の部にあげているものなど、まちまちである。ちなみに、「広辞苑」では夏の季としている。「酔て寝む」の句の句意は、酒に酔って寝るとしよう。この撫子の花が咲き乱れている河原の石の上にというのである。

この句は、夏目漱石のペンネームのいわれとなった「漱石枕流」(世説新語)の故事を踏まえている。晋《しん》の孫楚は「枕石漱流」というべきところを「漱石枕流」と誤ったが、自分は「枕石漱流」のとおり、石を枕として、撫子の咲き乱れる河原で、撫子に戯れながら横になるとしようと、その姿を思い描いているのである。

大の男が、河原で横になって、撫子に興じる姿は、風狂そのものであり、そうした自分を想像して悦に入っている芭蕉である。

⑤　いでや我《われ》よきぬのきたりせみころも

この句には、「門人杉風子《さんぷう》、夏の料《りやう》とてかたびらを調じ送りけるに」という前書が付されている。

門人の杉山杉風が、夏用の着物として、麻などで作った、薄く透けてみえる単物《ひとえもの》を調えて送ってくれたというのである。それに応えた句である。「せみごろも」とは、「蟬衣」で透けて見える衣を蟬の羽にたとえたものである。

季語は「せみごろも」で夏。句意は、私は立派な着物を得たぞ。蟬の羽のような透けて見える着物を。さぞ涼しいことだろうというのである。

この句にはリズムがある。そのリズムが着物を得た喜びを強調している。夏用の着物を「せみごろも」とたとえたところに風狂に興じる心情が見てとれる。

芭蕉自身が蟬となったかのような姿が髣髴とされる句である。

⑥　さみだれに鳰《にほ》のうき巣を見にゆかむ

「あつめ句」には前書はないが、「笈日記」(支考編)の岐阜の部にある落梧《らくご》の「瓜畠集《うりばたけ》」には、「露沾公《ろせん》に申侍る」という前書が付されている。落梧は、美濃国岐阜本町の呉服商で、貞享四年（一六八七）入門。芭蕉を招いて長良川の鵜飼見物に案内した人物である。

露沾公とは、陸奥国磐城平七万石の藩主内藤義泰（俳号　風虎《ふうこ》）の二男、内藤義英のことで、諸俳家と交わり、蕉門との親交も深かった。

この句は、「笈の小文」の旅の出立にあたって、露沾公におくったものと考えられている。季語は「さみだれ」で夏である。しかし、「笈の小文」の旅の出立は、貞享四年（一六八七）の十月で初冬である。おそらくは、早く夏の間に出立するつもりで句を露沾公におくっておいたが、何か事情があって遅れたものであろう。

貞享四年（一六八七）春とされている、寂照宛書簡に「委曲、夏中御意を得べく候」とあり、寂照に夏の間にお会いできるだろうと言っているので、夏に出立するつもりだったことがわかる。ちなみに、寂照は尾張国鳴海の庄屋である。

句意は、降りつづく五月雨で、琵琶湖の水嵩も増し、鳰の浮き巣も浮き上がっているだろう。浮巣がどうなっているか、この五月雨の中を見に行こうというのである。

「鳰」はカイツブリの古名である。大きさは鳩ぐらいで、湖や沼、河川などにいて、巧みに潜水して小魚を捕食する。ほかの水鳥と違い巣は、折り枝、蘆、水草などで水上につくり、水嵩の増減に応じて上下する。「鳰の浮巣」といわれる所以である。産卵から雛が孵るまで、ひと月程浮巣で過ごすと、歳時記類には記されている。琵琶湖は、鳰が多いので、「鳰の海」とも言われた。和歌や連歌によく詠まれており夏の景物である。連歌論書である「連理秘抄《れんりひしょう》」（二条良基著　貞和五年頃成る）にも、「時節を定むべき事」に夏の例として、「鳰の浮巣」が出ている。支考の「俳諧古今抄」（享保十五年跋）にも「鳥ノ古巣ハ総テ去物《さるもの》ニテ其巣ヲ掛《かく》ル時ハ夏ナレバ、浮巣ハ決シテ夏ト定ムベキヤ」と言っている。

「三冊子《さんぞうし》」（土芳著）の白雙紙に、芭蕉の言ったこととして「五月雨に鳰の浮巣を見にゆかんといふ句は詞にはいかいなし。浮巣を見に行かんと云ふ所、俳也。」とある。芭蕉は、この句には俳諧的な要素はないけれど、五月雨の降る中を、わざわざ江戸から近江の琵琶湖まで浮巣を見に行こうとしているところに、風狂心があり、そこに俳諧があるというのである。芭蕉は、早く琵琶湖へ行きたいという気持ちを込めて、今回の旅は、鳰の浮巣を見に行く旅だとして露沾公に別れの挨拶をしているのである。

和歌的連歌的題材に俳諧的風狂性を求めようとした句である。

次は秋の句である。

⑦　雲おり〳〵ひとをやすめる月みかな

季語は「月み」で秋。句意は、時々雲が名月を隠し、その時だけ一心に名月を見ている人々を休ませているというのである。この句は、西行の「なかなかに時々雲のかかるこそ月をもてなす飾り成けれ」（山家集）を踏まえた句とされている。月に掛ることを忌むものとする雲に焦点を当てて、雲を肯定的にとらえているのである。

ところで、この句には「月」という題が付されている。題から推察して、雲よりも月を詠んでいることになる。月そのものを詠まず、雲に焦点を当てて、人々も名月に雲が掛かっている時だけは、心を休ませている。しかし、それ以外はずっと心を奪われていることをにおわせ、逆接的に名月のすばらしさを詠んでいるわけである。そうした人々の一人として芭蕉もいるのである。

雲が人々を休ませているという雲の擬人化によって、その風狂性が、一段と深められている。

⑧ 名月や池をめぐりてよもすがら

季語は「名月」で秋。「続虚栗《ぞくみなしぐり》」（其角編貞享四年十一月刊）には「草庵の月見」という前書で「雲折〳〵人を休むる月見哉」という句と併記して提出されている。ただし中七は「池をめぐつて」となっている。

句意は、中秋の名月の夜、月を愛でながら、一人で池の回りをうろうろと巡って、夜を明かしてしまったと言うのである。

白楽天の「東林寺白蓮」と題する詩の一節「独起繞池行（独リ起キテ池ヲ繞《メグ》リ行ク）」が芭蕉の頭をよぎったのではないかという指摘もある。

「雑談集《ぞうだんしゅう》」（其角編　元禄四年成立　同五年二月刊）に、「芭蕉庵の月みんとて舟催《ふなもよひ》して参りたれば」としてこの句をあげ、その後に「すゝめて舩《ふね》にさそひ出《いで》しに、清影をあらそふ客の舟、大橋に拆《わか》れてさわぎければ、淋しき方に漕廻《こぎまは》して、各《おのおの》句作をうかゞひけるに（略）九ツを聞《きき》て帰りにけり。」とある。

当日は、池に舟を浮かべたことになっているが、事実としてはそうであったとしても、芭蕉としては、一人で池を巡って月を愛でたと詠む方が、その時の自分の心に適ったものだったのではないか。それは、月を愛でながら、池の周囲をうろうろと彷徨《さまよ》う姿に、風狂に生きる姿を見ることが出来たからであろう。

⑨ あけゆくや二十七夜《にじふしちや》も三かの月

この句には、「いさゝかなる処にたびだちて、ふねのうちに一夜を明《あか》して、暁の空、篷《とま》よりかしら指出《さしいだし》て」という前書が付されている。ちょっとしたところへ旅をした時、舟の中で一夜を明かし、舟の篷から頭を出して、暁の空を眺めた時のことを詠んだというのである。

季語は「三かの月」で秋。句意は、舟の篷から頭を出して空を眺めると、ほのぼのと明けてゆく二十七夜の空に細い月が、淡く光を放っているのが見えた。三日月が出ているのではないかと、錯覚しそうな月であることよというのであろう。

二十七夜の月は下弦の月で、暁方まで残っており、左半円形の弓形で、丁度三日月とは位置が対照的である。明け方のこととて光は淡い。

「枕冊子《まくらのそうし》」（日本古典全書　朝日新聞社）の一一五段に「あはれなるもの」として、「九月二十七日の暁がたまで、人とのどかに物語してゐ明かしたるに、あるかなきかにほそき月の山の端よりわづかに見えたるこそいとあはれなれ」とある。芭蕉は「枕冊子」を思い浮かべたのかもしれない。

芭蕉は、この二十七夜の月を舟の篷から顔を出して眺めているのである。月を篷から頭を出して眺めるというその眺め方に風狂を感じているのである。

「あつめ句」では、「名月や池をめぐりてよもすがら」という句の次に配置されている。池を巡って眺める名月のほかに、篷から頭を出して「三かの月」を眺める「月見」もあるのである。月の見方を多角的に捉え、風狂に興じているのである。

次は冬の句である。

⑩　かさもなき我をしぐるゝかこは何と

この句には「みちのほとりにてしぐれにあひて」という前書が付されている。道を歩いている時に時雨に会って作った句であるというのである。

季語は「しぐるゝ」で冬。句意は、傘も持っていない私を、時雨が濡らすのか、これはまあどうしたことかということで、時雨に濡れる自分に興じているのである。困ったというより、むしろはしゃぎ楽しんでいるのである。そこに風狂の姿勢が見られるのである。

この句は、「熱田三歌仙」（俳諧撰集　暁台編　安永四年自序）には、「途中時雨」と前書して「笠もなき我を時雨るゝか何と〳〵」とあり、下五は「何と〳〵」となっている。

「熱田三歌仙」の「何と〳〵」や「こは何と」のように、謡曲や狂言などに使用される句調を取り入れて、おどけたような調子を出すことによって風狂性が強まっている。

なお、この句は「野ざらし紀行」の旅の途次の作と推定されており、「熱田三歌仙」の下五「何と〳〵」が初案である。

芭蕉は、「野ざらし紀行」の旅での作を、芭蕉庵での生活のひとこまと見なすことによって風狂に浸る自らを創作しているのである。

⑪　はつゆきや幸庵にまかりある

この句にも「我《わが》くさのとのはつゆき見むと、よ所《そ》に有ても空だにくもり侍れば、いそぎかへること、あまたゝびなりけるに、師走中《なか》の八日、はじめて雪降りけるよろこび」という前書がある。芭蕉庵で初雪を見ようと、外出していても、空さえ曇れば、雪が降るかもしれないので、急いで帰宅することが何度もあったが、十二月十八日、初めて雪が降ったので、その喜びを句に詠んだというのである。

季語は「はつゆき」で冬。句意は、待ちに待った初雪が降ったが、幸い自分は草庵に居合わせたことであるよと、その喜びを詠んでいる。

自宅で初雪が見たいので、空が曇って雪の気配が感じられたら、外出中でも急いで帰ってきていたというのは、風狂心の表われそのものである。ましてや、今日は幸い在宅中に初雪が降ったというので嬉々としているのである。そこには、日々の生活が風狂に貫かれることを確かなものにしていこうとする姿勢がある。

また、「居る」ことを、「まかりある」という、狂言もどきのおどけた言い回しで、その喜びを表現しているところにも、風狂に興じている姿が見てとれる。

⑫　めでたき人のかずにも入《いら》む老のくれ

この句の前書は、「もらふてくらひ、こふてくらひ、やをらかつゑもしなず、としのくれければ」である。

門人達の喜捨によったり、乞食行脚によって食を乞ったりで、飢死もせずに年の暮れを迎えたというのである。

貞享二年（一六八五）四月に、「野ざらし紀行」の旅から戻った年のその暮れの作である。

季語は「老のくれ」で冬。句意は、無事に新年を迎えることのできる幸せな人々の仲間に入ることになるだろうが、老いの坂を越えて迎えた年の暮れよというのである。

芭蕉は、四十二歳であったが、当時としては、四十歳を越えれば初老であった。「老のくれ」の今、あるがままに生きていこうとしているのである。隠者たらんとする気負いも、自嘲や衒いもない。自足しているわけでもない。ただ、漂泊と風狂に身を任せようとしているだけである。

「めでたき人」とは、この一年を振り返る自らを見つめるもう一人の自分の視線からの表現である。

以上のように、芭蕉は各季節ごとに、長い前書も付して句を配列し、芭蕉庵での一年の生活を紹介している。その実態は、日常的な常識や慣習を越えて、数奇で風狂的な精神に浸り切ろうと努める生活であった。そして、そのことを通して、私意を去り、人為を去った「無何有之郷」の理想を求めようとしたのである。

この「あつめ句」は、芭蕉庵での四季の生活を、杉風に感謝をこめて報告しようとした句集である。

(3) 結び

芭蕉は、延宝八年(一六八〇)三十七歳の時に、江戸の中心地、日本橋から深川へ転居した。どうして、転居したのか、その理由を示す資料はない。しかし、おそらくは、当時の俳諧が、談林的な言語遊戯中心の滑稽を旨とする俳諧に傾き、さらに商業主義に落ち入っていく傾向にあったことと無縁ではない。その頃の深川は、隅田川を隔てた対岸にあり、生水《なまみず》も飲めないような不便な土地であった。現行の俳諧に決別し、新しい俳諧を模索するには、むしろ、今までの都会的な環境から離れた辺鄙な土地の方がふさわしいと考えたのであろう。

芭蕉が求めた境地は、荘子の「無何有之郷」(逍遥遊篇)であった。私意を去り、人為を去った、あるがままの自由な境地である。名利や打算、あるいは病気や死というものからもうひとつ突き抜けた境地であり、いつ何が襲ってきても、泰然と受容できる境地である。芭蕉はこの境地をどのようにして求めようとしたのか、それは芭蕉庵において、漂泊と風狂という姿勢を貫くことによってであった。漂泊は西行の、風狂は増賀上人の、それぞれの生き方から学ぼうとしたものである。

芭蕉が、紀行文を残した長期にわたる旅は三度である。

一度目は、「野ざらし紀行」の旅である。四十一歳の貞享元年(一六八四)八月、江戸を出発して、伊勢、故郷の伊賀上野、吉野、名古屋、熱田、伊賀上野で越年、奈良、京都、鳴海、熱田などを巡り、木曾、甲斐を経て、四月下旬に江戸へ帰着している。

この旅での大きな成果は、一つは、貞享元年十月から十一月頃、名古屋に滞在中に、俳諧連句集、「冬の日」が成ったことである。蕉風開眼の書ともいわれている。二つ目は、「一念一動」（濁子《じょくし》本甲子吟行絵巻の芭蕉自筆の奥書）という俳諧の理念を悟ったことである。俳諧はその時々の感動を詠むものだというのである。

二度目は、「笈の小文」の旅である。四十四歳の貞享四年（一六八七）十月に江戸を出発し、鳴海、熱田、伊良湖崎、名古屋などを巡って、十二月下旬伊賀上野へ帰り越年、二月初旬、伊賀を出発して、伊勢神宮、吉野、奈良、大坂、尼崎、須磨、明石を巡り、須磨で筆を置いている。この後、八月十一日に美濃の大垣を出発して、信濃の更科に赴き、善光寺に参拝、浅間山麓を経て八月下旬、江戸へ帰っている。

この紀行では、冒頭部にある「西行の和歌における、宗祇の連歌における、雪舟の絵における、利休が茶における、其貫道《そのくわんだう》する物は一《いつ》なり」と、俳諧にあるべきものは、芸術的真実たる魂の感動であるということに思い至ったと述べているのである。この「貫道」するものを「笈の小文」の旅で確認できたのである。だから、まず冒頭部へ持ってきたのである。

また、芭蕉は、この紀行文を須磨で終わらせている。一見、中途半端な終わり方になっているが、貫道する魂の感動を、平家滅亡という壇の浦の悲劇によって象徴させたのではなかったか。芭蕉は句を作るかわりに、平家滅亡の場面を末尾においてその感動を伝えようとしたのであろう。だから、中途半端な終わり方に見えるのである。こういう終わり方を紀行文の形として試みたのであろう。

三度目は、「おくのほそ道」の旅である。四十六歳の元禄二年（一六八九）三月末、門人曾良を伴い江戸を出発、下野《しもつけ》、陸奥、奥羽山脈を横断して出羽へ、越後、越中、加賀、越前を経て、八月二十一日までには美濃の大垣に着いた。全行程六百里（約二千四百キロ）、約五か月余の大旅行であった。

芭蕉は、この旅において、自然や歌枕・名所などの歴史的遺産に触れる中で、「不易流行」という俳諧の理念に思い至った。「不易流行」については、門人達の間でも見解に微妙な差があるが、「不易」とは、和歌や連歌、絵画、茶道などのあらゆる芸術に一貫して存在する魂の感動のことである。しかし、感動は意図して起こるものでない。自ずと魂に触れて生じるものである。その具体的な表われが、「流行」なのであり、句という形をとるのである。

芭蕉は、旅を終えた後、それぞれの旅を紀行文にまとめた。しかし、その紀行文は、単なる旅の記録ではない。旅において体験し、思索した結果をまとめたものである。芭蕉は旅によって己を磨き、俳句を深化させていったのである。その具体的な吐露が紀行文だったのである。

李由・許六編の俳諧撰集「韻塞《いんふたぎ》」（元禄十年刊）の「風狂人が旅の賦」に、「流浪漂泊の上にこそあはれなるためしはおほけれ。（略）今来古往の人、旅懐の情を尽して風雅の腸《はらわた》をさらす。（略）東海道の一すじしらぬ人、風雅におぼつかなしといひし翁（芭蕉）の声、耳の底にとゞまる」とある。芭蕉がいかに「流浪漂泊」たる旅に重きを置いていたかがよくわかる文である。「旅懐の情」を尽したところに俳諧があるのである。

芭蕉は、元禄七年（一六九四）五月に、最後となった旅に出発している。

五十一歳の芭蕉は、寿貞尼《じゆていに》の子、二郎兵衛を伴い江戸を出発した。伊賀上野に帰郷、さらに膳所《ぜぜ》へ赴き、一旦伊賀へ帰った後、奈良に一泊、大坂へ向かった。大坂へ向かったのは、門人の之道《しどう》（大坂本町住　薬種商）と洒堂《しやどう》（近江膳所の医者　当時大坂に居住）の不仲を仲介するためだと言われている。

しかし、「陸奥鵆《むっちどり》」（俳諧紀行・撰集　桃隣編　元禄十年素堂跋）には「戌《いぬ》五月八日（元禄七年）、此度《このたび》は西国にわたり長崎にしばし足をとめて、唐土舟《とうどぶね》の往来を見つ、聞馴《ききなれ》ぬ人の詞も聞《きか》んなどゝ、遠き末をちかひ、首途《かどで》せられけるを各《おのおの》品川まで送り出《いづ》」とある。

これによると、芭蕉は九州の長崎まで足を伸ばそうとしていたことがわかる。しかし、芭蕉は大坂で病を得て十月十二日、没した。

芭蕉はこの旅の途中、「かるみ」が、上方で好評であることを喜んでいる書簡を、元禄七年（一六九四）九月十日付で江戸の杉風に出している。日常の俗語をもって、そこに趣きある風情を「浅き砂川を見るごとく」（「別座鋪」の序）に表現する俳諧である。しかし、「かるみ」の俳諧を発展させる前に没した。

「笈日記」（支考）によると、亡くなる四日前の十月八日、看病中の呑舟《どんしゅう》（大津の人之道《しどう》門）に墨を摩らせ、「病中吟　旅に病《やん》んで夢は枯野をかけ廻《めぐ》る」の句を書き取らせた。その後も、支考を呼んで、「なをかけ廻る夢心」はどうかと意見を求めている。

また、先述したが、十月九日には、今年の夏、嵯峨で詠んだ「大井川浪に塵なし夏の月」という句が、九月二十七日、園女《そのめ》亭で詠んだ句「白菊の目に立てて見る塵もなし」と紛らわしいので、「清瀧《きよたき》や波にちり込《こむ》青松葉」と改めると言ったという。死の間際になっても、句を追及してやまない芭蕉の姿勢がよくわかる。

芭蕉は、亡くなる二日前の十月十日には、支考に遺書三通を認めさせ、自らも兄半左衛門にあて、自書の遺言を書いている。また、不浄を清め香を薫かせている。

こんな状況にあっても、亡くなる前日の十月十一日の夜に、自分を看護してくれている門人達に夜伽《よとぎ》の句を作らせ「うづくまるやくわんの下のさむさ哉」（去来抄）という丈草の句を「丈草、出来たり」と讃めたりしている。

芭蕉は、臨終間際になっても、俳諧にこだわりつづけた。仏の戒める「妄執」だとはわかっていてもこだわりつづけた。芭蕉は最後の最後まで、俳諧にこだわりつづける風狂そのものの人であった。

芭蕉は、自ら求めた「無何有之郷」には到達できなかったかもしれない。俳諧に未練を残してこだわりつづけ、俳諧を乗り越えることは出来なかった。まさしく、俳諧にもがき苦しむ妄執の人であった。しかし、敬慕する先人達と同じく、旅の途中で亡くなった。そのことだけは、満足のいくものだったのではなかろうか。

〔8〕終わりに

芭蕉が仕えていた、藤堂新七郎家の当主良精《よしきよ》の子息良忠《よしただ》（俳号　蟬吟《せんぎん》）が亡くなったのは、寛文六年（一六六六）で、芭蕉が二十三歳の時であった。その六年後の寛文十二年（一六七二）、芭蕉は二十九歳の春に、俳諧集「貝おほひ」を引っ提げて江戸へ下っている。良忠死後の六年間の芭蕉の動静については詳しいことはわかっていない。「幻住庵記」（「猿蓑」巻之六）によると、これまでの自分を振り返って「ある時は仕官懸命の地をうらやみ、一たびは佛籬祖室《ぶつりそしつ》の扉に入らむとせしも、たどりなき風雲に身をせめ、花鳥に情を労して暫く生涯のはかり事とさへなれば、終に無能無才にして此一筋につながる」と言っている。良忠亡き後の六年間、自分の進むべき道に迷い苦しみながら、最終的には身近なものであった俳諧の道に進むことにしたのである。つまり、芭蕉は、生きる拠り所として「此一筋」たる俳諧に自分の全人生を賭けてみようと思ったのである。後は死に物狂いで進むしかなかった。才能の有無は問題でなかった。必死に俳諧につながるだけであった。

当時の俳諧は、滑稽な言語遊戯が中心の手慰みであり、社交の具であった。そんな俳諧を、連歌や和歌と同じ文芸にまで高めたのである。

芭蕉は、荘子や李白、杜甫、西行や増賀上人などの先人達に学んだ人生の在り方を基盤にして、詩精神を培った。そして、「一念一動」（濁子本「甲子吟行絵巻」の芭蕉自筆の奥書）、つまり、俳諧は人間の心の思いや感動を詠むべきものだということに思い至ったのである。ここに芭蕉の偉大さがある。

芭蕉が、元禄七年（一六九四）十月十二日に、旅の途中、大坂で亡くなってから、三百年余りが経つ。芭蕉は今も我々俳句に携わる者に、燈を灯し続けてくれている。

義仲寺の墓碑に休らふ秋茜　　保博

【著者経歴】
髙橋 保博（たかはし やすひろ）
昭和十四年 京都府生まれ
現代俳句協会会員 俳誌「頂点」同人
俳文学会会員 日本近世文学会会員
著書「俳句百景④」（東京四季出版 共著）

芭蕉《ばしょう》逍遥《しょうよう》

平成二十八年十一月七日 第一刷発行

著 者 髙橋《たかはし》保博《やすひろ》
発行者 佐藤 聡
発行所 株式会社 郁《いく》朋《ほう》社《しゃ》
東京都千代田区三崎町二—二〇—四
郵便番号 一〇一—〇〇六一
電 話 〇三（三二三四）八九二三（代表）
ＦＡＸ 〇三（三二三四）三九四八
振 替 〇〇一六〇—五—一〇〇三二八
印刷 製本 株式会社東京文久堂
装 丁 根本 比奈子
落丁、乱丁本はお取替え致します。
郁朋社ホームページアドレス http://www.ikuhousha.com
この本に関するご意見・ご感想をメールでお寄せいただく際は、comment@ikuhousha.com までお願い致します。

ISBN978-4-87302-629-9 C0095